ARCA *sem* NOÉ

REGINA RHEDA

ARCA *sem* NOÉ

Histórias do Edifício Copan

EDITORA RECORD
RIO DE JANEIRO • SÃO PAULO
2010

CIP-BRASIL. CATALOGAÇÃO-NA-FONTE
SINDICATO NACIONAL DOS EDITORES DE LIVROS, RJ

Rheda, Regina, 1957-

R36a   Arca sem Noé – Histórias do Edifício Copan / Regina Rheda. –
Rio de Janeiro: Record, 2010.

ISBN 978-85-01-08766-9

1. Conto brasileiro. I. Título.

                                  CDD: 869.93

09-4244   CDU: 821.134.3(81)-3

Copyright © Regina Rheda, 1994

2ª edição (1ª edição Record)

Capa: Tita Nigrí

Texto revisado segundo o Novo Acordo Ortográfico da Língua
Portuguesa

Direitos exclusivos desta edição reservados pela
Editora Record Ltda.
Rua Argentina 171, Rio de Janeiro, RJ – 20921-380 – Tel.: 2585-2000

Impresso no Brasil

ISBN 978-85-01-08766-9

PEDIDOS PELO REEMBOLSO POSTAL
Caixa Postal 23.052 – Rio de Janeiro, RJ – 20922-970

Sumário

O mau vizinho	7
A menina dos gatos	31
Falta d'água	61
O fantasma	67
A mulher de branco	85
As duas amigas	113
A *voyeuse*	129
A prostituta	149

O mau vizinho

O que Dona Adelaide Albuquerque reprovou no andar onde se localizava seu novo apartamento foi o cheiro. Tudo mais era suportável, ainda que ordinário e incômodo. Havia três elevadores (dois sempre quebrados) originalmente projetados para estacionar em andares alternados. O elevador que funcionava era veloz demais para os melindres próprios da idade de Dona Adelaide e deixava-a no andar de cima para que ela fizesse o resto do percurso até seu apartamento em passinhos cautelosos pela rampa, apoiando-se em uma bengala de jacarandá com o castão de prata maciça no formato da cabeça de um dragão. As rampas inclinadas que ligavam um andar ao outro sugeriam nociva promiscuidade, lembrando o hospital em que Dona Adelaide estivera internada havia dois anos por ter fraturado a bacia num tombo. Em torno do corredor comprido e torto como uma vírgula comprimiam-se vinte quitinetes encardidas, grávidas de quem sabe quantos moradores e segredos. A vulgaridade das lâmpadas desprovidas de lustres, das paredes desprovidas de quadros e do piso desprovido de carpete contribuía para a inferioridade do novo ambiente em comparação com o que acomodara as últimas décadas da distinta viúva. Visitar o recinto certamente repugnaria todas as suas amigas caso ela as convidasse para tomar chá, na hipótese de que ainda estivessem vivas.

Dona Adelaide começava uma nova etapa da sua vida aos oitenta e oito anos: a última etapa. Seu apartamento de luxo no bloco D do Edifício Copan fora vendido com quase todo o seu conteúdo por um bom preço pelo jovem corretor que ficara com uma comissão de vinte por cento. Com os juros do dinheiro aplicado no banco, Dona Adelaide poderia viver despreocupada até o fim de seus dias no pequeno conjugado do bloco B, empregando menos esforço em faxinas e sentindo-se protegida como um pintinho dentro de um ovo. Tinha idade para saber o que a agradava e o que a aborrecia, e considerava tão pouco isto e aquilo que o seu dinheiro daria e sobraria. Decidira reservar a maior parte da sua renda para despesas com médicos e hospitais já que, por falta de doenças que a derrubassem, a idade cismara de lhe passar rasteiras. Cinco anos antes, caíra no chão molhado da cozinha durante uma faxina e batera a cabeça na pia, rasgando uma orelha que precisou ser costurada. Poderia ter morrido, explicou-lhe o médico, se a pancada tivesse sido nas têmporas.

A recomendação médica para diminuir esforços físicos nunca foi seguida por ser Dona Adelaide uma daquelas velhinhas para quem a constante atividade constitui o próprio sentido da existência. Vivera toda a vida de casada trabalhando como uma abelha na sua mansão na Avenida Paulista, e depois toda a viuvez labutando como uma formiga no seu apartamento de luxo no bloco D do Edifício Copan, menor, mais prático e mais fácil de limpar do que a antiga mansão. Enquanto o marido estava vivo, fiscalizava obsessivamente o trabalho das empregadas, corrigindo-lhe as imperfeições e tentando incutir naquelas almas grosseiras a intuição para o belo e o sublime na criação de um lar limpo e perfumado. Encarava os utensílios domésticos como peças de arte a serem restauradas diariamente por meio das técnicas da limpeza com água e detergente e do polimento com saponáceo. Colava-se às criadas refazendo passo a passo todos os serviços malfeitos, lavando pisos e azulejos, polindo a prataria e areando o alumínio até obter um brilho que ferisse os olhos mais apáticos. Cuidava para que a lixeira de alumínio fosse polida com o mesmo empenho e a mesma reverência com que se limpavam os lustres de cristal. Certificava-se de que os panos de prato estivessem sendo utilizados aos pares sempre, o da esquerda para a secagem da louça e o da direita para enxugar as mãos, e exigia que seu emprego nunca fosse trocado para que as impurezas do organismo não maculassem o tecido favorecido pelo contato asséptico dos minerais. A roupa lavada na máquina, previamente esfregada e quarada dentro de sacos plásticos contendo água e sabão neutro, passava seis vezes pelo processo de enxágue para que nem o olfato mais apurado conseguisse encontrar resquícios de odores outros que não o dos próprios tecidos, uma vez que Dona Adelaide tinha nojo do cheiro do sabão na roupa. Os panos de chão eram lavados em outra máquina, instalada em uma área específica, e depois eram quarados e ficavam tão limpos que precisavam ser postos para secar bem longe das toalhas de rosto, do contrário poderiam ser confundidos com elas pelas empregadas. E o assoalho do salão de chá, que tinha um brilho de espelho, forçava as amigas de Dona Adelaide a comparecer às reuniões de calças compridas, sob pena de terem suas intimidades implacavelmente reveladas no chão.

Dona Adelaide nunca encontrou uma criada que representasse para as subjacentes Artes Domésticas o que Michelangelo representou para a celebrada Arte Oficial. Entretanto, nutria uma ternura secreta pelo seu mal retribuído mecenato, envaidecida com a certeza de que nenhuma aprendiz seria tão talentosa quanto a mestra. Quando o marido morreu, despediu todas as empregadas e assumiu sozinha a recriação diária da sua obra de arte.

Se o passar do tempo reduziu a capacidade produtiva de Dona Adelaide, não danificou seu sentido do belo e do divino. Sua quitinete no bloco B resplendia em limpeza entre as outras dezenove daquele andar, como uma obturação de ouro numa arcada de dentes cariados. Mas embora a engenhosa octogenária passasse o dia todo a limpar, a esfregar, a polir e a desinfetar, não conseguia desfazer-se do onipresente mau cheiro que identificava miseravelmente o seu andar.

Era um odor de lixo embrulhado em jornal velho que repousava com igual placidez tanto na expansão quanto no recuo das correntes de ar. Penetrava pelo buraco da fechadura e pelas frestas laterais da porta quando Dona Adelaide obstruía-lhe o vão inferior com uma cobrinha de feltro embebida em desinfetante de eucalipto. Intrometia-se estabanado entre os asseados vapores de seu ninho quando ela abria rapidamente a porta para entrar e para sair. Assombrava-a durante todo o percurso pelo corredor e pela rampa e entrava com ela no elevador, despedindo-se com um atrevido beijo em suas narinas que ficavam impregnadas por um bom tempo do hálito abominável.

O cheiro que oprimia todo o andar provinha da porta da lixeira comum que estava sempre aberta. Dona Adelaide já a fechara diversas vezes sem o menor esforço, por meio de uma operação muito simples que consistia em empurrar a pequena porta de metal contra a parede e encaixar a tranca móvel, enferrujada e rangente, no dispositivo que estava lá para isso. Tinha cabimento alguém deixar de fechar a porta da lixeira? Era inacreditável que esse procedimento ficasse sob a responsabilidade de uma velhinha cujos ossos de giz recém-fraturados mal haviam se soldado. Aquilo devia ser arte de algum moleque porcalhão. Moleques eram uma praga. Entravam em casa com os pés sujos. Derramavam leite na blusa. Quebravam as hastes das plantas. Pulverizavam migalhas de bolacha no tapete. Por isso Dona Adelaide nunca quisera filhos.

Pessimista quanto à eficácia de reclamações faladas e escritas a zeladores de prédios, Dona Adelaide achou que poderia ela mesma resolver o problema do fedor com discrição. Pela primeira vez em quinze anos entrou em uma papelaria, na volta do supermercado e da farmácia, onde comprara um pacote de araruta, uma caixa de chá de erva-cidreira, um vidro de solução para gargarejo e dois pacotes de Bom Bril. Pediu ao vendedor sírio uma folha de cartolina branca, um rolo de fita adesiva e algumas cartelas de Letraset. Carregou tudo para dentro do elevador, apoiada na bengala, e, enquanto subia ao seu andar, matou o tempo com a leitura de uma coletânea de palavrões rabiscada nas paredes de fórmica. A indecente epígrafe teria sido, sem dúvida nenhuma, obra de gente adulta (quem sabe até de mulheres), dada a altura em que havia sido inscrita. Encontrava-se perto do botão do trigésimo segundo andar, que a própria Dona Adelaide só conseguiria tocar se fizesse um espevitado malabarismo com a ponta da bengala. Criança nenhuma alcançaria, mesmo com o braço esticado, aquela parte do elevador. Se um adulto era capaz de escrever impropérios no interior do elevador, poderia com a mesma desenvoltura deixar aberta a porta de uma lixeira. O elevador aterrissou rápido e desastrado, provocando um rodopio nas entranhas de Dona Adelaide; a porta abriu sem cerimônia e a viúva foi envolvida no abraço do indesejado odor.

Dona Adelaide criou um aviso com os dizeres:

ROGA-SE O OBSÉQUIO DE MANTER-SE
A PORTA DA LIXEIRA CERRADA

Para grudar o recado com fita adesiva ao lado da lixeira sem correr o risco de expor-se à curiosidade dos vizinhos, deu-se o aborrecimento de despertar à meia-noite, supondo que a essa hora o corredor estivesse deserto. Mas foi com mal disfarçado constrangimento que, ao começar a colar o cartaz com a primeira tira de Durex, surpreendeu-se com a chegada do morador do apartamento ao lado do seu, baixote roliço de andar desleixado e olhar malicioso, que dirigiu a ela um preguiçoso boa-noite. A anciã dominou um estremecimento dos braços e dobrou o cartaz. O vizinho arrastou um pé lerdo para dentro do apartamento, demorando os olhos curiosos e sonolentos na velha que atirou o cartaz na lixeira, fechando-a com a precisão de uma máquina.

Dona Adelaide empinou-se na bengala para esticar a espinha com altivez e poder apontar o nariz travado pelos gases da lixeira contra o vizinho indiscreto. Examinou-o com toda a sua intuição artística durante o instante que ele gastou para enfiar seu corpo pesado dentro do apartamento e fechar a porta. Era um homem muito mal-arrumado, de aparência suja. Seus cabelos eram tufos desencontrados de pasta grisalha no alto de uma cara inchada que compunham desarmônica rima com a barba. A barriga expandia-se sem escrúpulos, ultrapassando os limites do corpo, invadindo territórios que por direito não lhe pertenciam, esgarçando o elástico da calça desbotada de moletom e a camiseta puída. A camiseta de malha barata, que ostentava no peito um involuntário bordado de caldo de sopa, entornado de uma colherada sem mira durante qualquer jantar ancestral, reivindicava, como uma faixa em uma passeata, a obrigatoriedade do uso de babadores durante as refeições. Os membros, que para produzir o movimento de locomoção se desvencilhavam do tronco volumoso com custosos empurrões, terminavam em unhas compridas e encardidas. As das mãos talvez não fossem dez; mas as unhas dos pés o homem as tinha todas, sujas e longas, precipitando-se para fora de umas chinelas surradas de couro cru. Nos calcanhares rachados embrenhava-se uma substância escura que lembrava o lodo sobrevivente dos leitos secos dos rios. Bem se via: aquele homem não conhecia os benefícios de um bom pedicuro.

Dona Adelaide sentiu alívio, não sem uma pontinha de remorso, pelo fato de suas amigas já estarem todas, há muitíssimos anos, bem mortas e enterradas, poupando-lhe o vexame de sabê-las testemunhas da sua nova vizinhança. Ansiosa por um gargarejo com Anapyon para expulsar os gases que tinham se aferrado às suas vias respiratórias durante a permanência ao lado da lixeira, a anciã fez-se conduzir por sua bengala de volta ao apartamento.

Dona Adelaide, que ainda tinha todos os sentidos em admirável forma, ocupara-se com tal arrebatamento das desditosas mensagens ao seu olfato que distraíra-se do sentido da audição, levando algum tempo até perceber os estranhos ruídos que cirandavam pelo ar em obscena camaradagem com o fedor. Eram barulhos humanos, ora gritos, ora gemidos, às vezes femininos, às vezes masculinos, que podiam tanto ser de queixa como de louvor, tanto de dor quanto de gozo. Produziam-se em algum apartamento muito próximo, talvez no do lado esquerdo, talvez no do direito, quem sabe no andar de cima ou então no andar de baixo. Aconteciam a qualquer hora do dia, enquanto Dona Adelaide entretinha-se com a limpeza, e às vezes durante a noite, quando a viúva, que se deitava muito cedo, já estava ferrada no sono. Uma noite, arrastada para fora de seu sono pelos fragores humanos que lhe sugeriam alguém sendo torturado, Dona Adelaide decidiu desvendar o mistério para ter o que dizer à polícia, que já estava com intenção de chamar. Caminhou silenciosamente sobre suas pantufas até a cozinha e pegou um dos dois copos de cristal tcheco que mantivera consigo desde a venda do antigo apartamento. Pressionou o bocal do copo contra a parede que dava para o apartamento ao lado esquerdo e valeu-se da outra extremidade como um fone colado ao ouvido, na tentativa de detectar a proveniência dos inquietantes sons. Nos intervalos entre os gritos, o amplificador improvisado não transmitiu mais do que o barulho do trânsito. E enquanto os gritos eram emitidos, amplificavam-se muito pouco, sem que se denunciasse a localização de quem berrava. Com rapidez, mas muito silêncio, Dona Adelaide dirigiu-se então ao quarto, cuja parede dava para o apartamento ao lado direito, o apartamento do vizinho sujo. Colou o fone de cristal da Boêmia à parede. Ouviu o barulho do trânsito, uma voz masculina e então os gritos. Soavam mais altos e mais angustiados, não só por terem sido amplificados, mas também porque a pessoa que gritava parecia cada vez mais exasperada. O ritmo das batidas do coração de Dona Adelaide acelerou ao compasso dos berros e a viúva tomou-se de um prazer traquinas. Por fim, a pessoa que gritava — um homem — atirou nos tímpanos da viúva um último desabafo veemente, comprido, choroso. E sossegou. Dona Adelaide mal respirava. Estava com mau jeito no pescoço, a mão fria e dura feito pedra agarrada à bengala, as pernas formigando, os pés suando nas pantufas, mas não saiu do lugar, esperando descobrir nem sabia mais o quê.

Alguns segundos se passaram e o estetoscópio caseiro amplificou as mesmas vozes masculinas. Era difícil entender o que se dizia, mas negociava-se preço e falava-se de cheque pré-datado. Houve despedidas. Dona Adelaide moveu-se dali e instalou o dispositivo de cristal tcheco na porta. Junto com o ruído do trânsito longínquo, amplificaram-se os sons do corredor. Abriu-se a porta do apartamento do vizinho, sapatos andaram até o elevador cuja porta abriu e depois fechou. Era a visita indo embora. Em seguida, chinelas arrastaram-se pelo corredor e um volume foi despejado na lixeira. Nesse momento, o sangue de Dona Adelaide correu mais rápido e mais quente. Seus ouvidos apuraram-se para captar o ranger agudo que faria a tranca da lixeira quando esta fosse fechada, mas o que apreenderam foi o arrastar das chinelas do vizinho de volta ao apartamento, cuja porta foi trancada ruidosamente.

Dona Adelaide apressou-se em vestir o roupão. Passou ligeira na frente do espelho de cristal florentino para assentar com a mão os cabelos brancos e certificar-se de que a boca bem fechada escondia a ausência da dentadura e impedia que seu coração aos pulos fugisse de seu corpo. Por fim saiu para o corredor. Os pés e a bengala não conseguiam avançar com a mesma rapidez que os olhos, que como setas encontraram a lixeira... aberta. Estava descoberto o autor do pútrido delito. Dona Adelaide caminhou até o fétido orifício e fechou-lhe a porta com estrépito.

De volta ao apartamento, escovou a língua e as gengivas, fez bochecho, gargarejo e inalação para afastar o fedor que lhe penetrara as narinas, preparou um chazinho de erva-cidreira para acalmar os nervos e foi dormir.

Levantou às seis horas da manhã para tomar banho, como sempre fazia. Esfregou meticulosamente cada poro de sua pele com a bucha e depois aplicou nas axilas, na vulva e nos pés a habitual solução de água morna e Lysoform Primo a 5%. Lavou também a pequena cabeça de plantinha dente-de-leão com o xampu, desprezando a recomendação médica para evitar friagem. Aproveitou para lavar o banheiro, livrando-o da imundície acumulada desde a última faxina, feita no dia anterior, e tomando muito cuidado para não escorregar e despedaçar novamente os ossos das cadeiras no chão nem bater as têmporas no bidê. Entretanto, se as mãos realizavam o artesanato matinal com a diligência costumeira, a alma já se ocupava de outras questões. Pela primeira vez em décadas, Dona Adelaide ansiava pelo passar das horas, alheia à inspiração de suas atividades higiênicas. Foi por hábito, e não por uma moção divina, que ela entregou-se ao trabalho de polir as torneiras, os ralos e as maçanetas até a hora de o comércio abrir.

Às nove horas em ponto, o vendedor sírio estava abrindo a porta da papelaria quando Dona Adelaide lhe pediu uma folha de cartolina. Ela escolheu a cor creme, que disfarçava a sujeira, e pagou renunciando ao troco porque ainda estava muito cedo para haver dinheiro em caixa.

Entrou no elevador como um azougue antes que a porta impaciente se precipitasse contra sua cara e, enquanto era arremessada ao seu andar, soltou uma lágrima grande como a Injustiça. Vivera quase um século a restaurar e a embelezar o mundo, e que presente recebia antes de fazer a viagem final? Um vizinho porcalhão e escandaloso que se deleitava com o fedor de uma lixeira aberta. Que ingratos os tributos do destino a uma senhora de distinção! Que abismo entre o que fora sua vida e o que estava sendo a gestação da sua morte, dizia-se a velhinha, evocando a quarta década de sua existência.

Ficara viúva em 1951. Os mesmos jornais que publicaram o necrológio do seu marido anunciaram com estardalhaço um investimento das Arábias chamado "A Obra do Século". Tratava-se de um centro residencial, comercial e de lazer, um "Grandioso Maciço Turístico" inspirado no Rockefeller Center de Nova York e idealizado por um arquiteto que estava ficando muito famoso, um certo Oscar Niemeyer. O complexo arquitetônico seria inaugurado em 1954 para festejar o Quarto Centenário da cidade de São Paulo. As amigas de Dona Adelaide, ainda com seus maridos vivos e ricos, referiam-se com alvoroço ao empreendimento, mas os maridos, desconfiados, resistiram à tentação de comprar um imóvel no edifício. Dona Adelaide, porém, sem marido que a orientasse, julgou estar fazendo um bom arranjo ao tornar-se proprietária de um apartamento de luxo no bloco D. As vantagens pareciam tantas: praticidade, segurança, economia, distância do ambiente que impunha a Dona Adelaide o fantasma saudoso do marido e uma sensação de modernidade que combinava com um recomeço de vida. Oscar Niemeyer projetara para o complexo jardins suspensos, hotel de luxo, teatro, cinema, lojas, garagem subterrânea, um terraço panorâmico e a curiosa fachada em forma de S que se tornaria um marco referencial da cidade. Entretanto, apenas Dona Adelaide fechara o negócio, o governo federal decretou a liquidação extrajudicial do banco que financiava o projeto. O Edifício Copan ficou nas fundações até ser assumido pelo Banco Brasileiro de Descontos em 1957. A concepção original foi esquecida. Oscar Niemeyer desistiu e foi fazer outra coisa mais interessante. Os jardins suspensos deram lugar a uma agência do Banco Brasileiro de Descontos que obstruiria a vista dos moradores dos primeiros andares. E o hotel de luxo transformou-se em um bloco de vinte quitinetes em cada um dos trinta e dois andares, destinadas a inquilinos e proprietários de baixo poder aquisitivo, o mesmo bloco B onde Dona Adelaide iria viver o epílogo de sua vida.

Foi só quinze anos depois do prazo combinado que o novo apartamento ficou pronto. Foram quinze anos de suplício para Dona Adelaide, que cambaleava nas areias movediças do seu arrojo, desnorteada com a variedade dos palpites das amigas e os conselhos dos maridos delas. Finalmente, vendeu a mansão para uma empresa imobiliária e muito do que havia dentro para um colecionador holandês. Mudou-se, viveu mais algumas décadas em tranquila solidão, até que o cansaço tornou-a insuficiente para desempoeirar todas as suas paredes forradas de Gobelin, todos os seus tapetes persas e os seus móveis D. José.

O elevador arrancou Dona Adelaide de dentro de suas lembranças e jogou-a no pavimento superior ao dela. A viúva farejou o ar. A lixeira provavelmente estava fechada. Andou até ela para ter certeza. Estava mesmo.

Preparou outro aviso com as Letraset que tinham sobrado e a cartolina creme:

**RESPEITE SEUS VIZINHOS. FECHE A PORTA
SENÃO O CORREDOR FICA FEDENDO**

Suportou o arrastar das horas até o dia acabar, dividindo a atenção entre os gemidos ao lado e a lavagem a mão e a secagem a ferro dos lençóis de linho com rendas de bilro que mantinha intactos, dentro de uma arca de marchetaria portuguesa do século XVIII, desde a morte do marido.

Às três horas da manhã o despertador tirou Dona Adelaide da cama, enfiou-a nas pantufas e conduziu-a com o cartaz até a lixeira. A viúva colou-o rapidamente ao lado da pequena porta de alumínio, lamentando não poder deter-se para areá-la com Bom Bril. Voltou ao apartamento em tal alvoroço que por pouco não derrubou o vaso chinês que decorava a salinha diminuta.

Na tarde seguinte, voltando da farmácia onde comprara um sabonete neutro para lavar a camisola de seda Jean Patou que guardava como recordação da lua de mel em Paris, Dona Adelaide viu-se metida no elevador com uma equipe de reportagem da televisão. Os técnicos diziam coisas maliciosas a respeito das moças do prédio; um deles batucava com os nós dos dedos um sambinha na parede de fórmica. A repórter tinha modos de homem. Dona Adelaide nunca pensara que gente de televisão fosse tão impertinente. O que é que eles iriam filmar?

O elevador chegou e Dona Adelaide surpreendeu-se com o que aconteceu então. Primeiro o cinegrafista ofereceu-lhe polidamente a passagem, sob um miado de escárnio por parte do iluminador. Em seguida, a equipe toda desceu atrás dela. E finalmente a repórter apertou a campainha do vizinho sujo. Dona Adelaide, que no princípio atrapalhou-se toda com as suas chaves, acabou se apropriando dos movimentos dos dedos, sem conseguir saber se era a operação de experimentar várias vezes cada chave no buraco da fechadura que a deixava calma ou se era o controle deliberado dos nervos que lhe permitia o truque benfeito de tentar cada chave sem conseguir encontrar a certa. Qualquer que tenha sido, o expediente funcionou, e Dona Adelaide conseguiu demorar-se à sua porta o suficiente para ouvir a conversa do vizinho com os jornalistas.

— Olá, bem-vindos! — disse o vizinho, brincando com o tom da voz para emprestar originalidade ao jargão da saudação. Estava sujo e malvestido como sempre, e de sua boca desprendia-se um hálito de esgoto que ofendeu o aparelho respiratório e o digestivo de Dona Adelaide. — Acharam fácil o lugar?

— Superfácil — sorriu a repórter enquanto era aprisionada nos braços de gengibre do visitado. — Todo mundo lá na tevê sabe onde mora o Márcio Flávio.

Uma lâmpada de poucos watts agonizava na penumbra do apartamento, mas as fagulhas dos olhinhos da viúva conseguiram fotografar a sua desordem: uma poltrona encardida pela marca de todas as costas que nela tinham repousado, uns banquinhos pernetas de madeira, a cama desarrumada, móveis improvisados de tábuas e tijolos, peças de roupa pelo avesso espalhadas cá e lá.

— O Copan é mais frequentado que rabo de piranha — continuou o vizinho, antes de fechar-se com a equipe no seu cubículo. — Obra daquela anta do Niemeyer. Como tudo o que ele fez, é bom para ser fotografado mas ruim para se viver. Os banheiros deste bloco, por exemplo, não têm janelas. Se o sujeito soltar um peido lá dentro, morre asfixiado.

Dona Adelaide trancou-se, grudou-se ao fone de cristal tcheco que colou contra a parede, mas não conseguiu captar mais do que risadas e ruídos. Impaciente, entregou-se com pouca concentração a preparar na bacia um molho de água destilada e sabonete neutro para lavar a camisola Jean Patou. Seu vizinho era uma celebridade, isso estava claro, do contrário os jornalistas não se ocupariam dele. Seria um jogador de futebol? Certamente não, era gordo e velho demais. Sem perceber que empregava demasiada força no esfregamento da delicada seda, Dona Adelaide tentou pescar nas águas amarelas da memória um peixe chamado Márcio Flávio, mas seu anzol voltou sem isca e sem pescado, e a camisola emergiu da espuma com um pequeno buraco.

A camisola de seda foi enxaguada às pressas e estendida sobre uma toalha de rosto bem limpa em cima de uma cadeira D. João V, colocada perto da janela da cozinha, à guisa de varal. Dona Adelaide postou-se à porta da sala para sair a qualquer momento. Sentia as bochechas queimando. A limpeza do dia poderia esperar um pouco.

Alguns minutos depois, o barulho da porta do vizinho sendo aberta acionou as pernas e a bengala da velha senhora que saiu e dirigiu-se ao elevador. Retardou e acelerou os passos conforme a conveniência, mantendo os ouvidos sintonizados nas despedidas dos jornalistas. Quando chegou à porta do elevador, empinou toda a sua fidalguia sobre a bengala e só apertou o botão de chamada quando a equipe já estava próxima. A porta abriu e a anciã entrou, seguida dos demais.

— Que sujeito maluco — disse o cinegrafista. — Parece um bruxo.

— Ele é um gênio — exclamou a repórter. — Apesar de semianalfabeto, escreveu peças maravilhosas. Resolveu virar leitor de Tarô depois que teve um infarto.

— Coitado. Poderia estar vivendo só com os direitos autorais das peças que escreveu se morasse num país decente — imaginou o cinegrafista.

— Não existiria um gênio como ele num país decente — desabafou a repórter, que não se deu conta da impressão que a ambiguidade da sua observação causou na velhinha.

Dona Adelaide estava de fato completamente desorientada. Com que então aquela nauseabunda criatura, sem nenhum sentido estético, possuía pendores artísticos? Ou Dona Adelaide vivera quase um século sem saber o que Arte significava, ou havia realmente alguma coisa de muito podre e malcheirosa em um país onde tal descalabro fosse considerado um grande artista.

— Ele foi muito perseguido durante a ditadura — continuou a repórter, como se quisesse responder às inquietações da fidalga. — Atacou tanto o governo e os intelectuais burgueses que a imprensa lhe deu o apelido de "Maldito". As peças dele escandalizaram a moral da época, com personagens que vivem no submundo. São prostitutas, ladrões, assassinos e viciados em drogas falando palavrão a torto e a direito.

— Que barato! — deliciaram-se os técnicos.

Dona Adelaide lembrava-se com alguma confusão da chamada Ditadura que acontecera na mesma época do Milagre Econômico. Pois não fora um período de prosperidade? Não para ela, viúva, desamparada, debatendo-se em um furacão imobiliário, mas para os maridos das suas amigas que souberam aproveitar, isso sim. E como condenar uma ditadura que punira um porcalhão obsceno? Dona Adelaide assinava embaixo. Olhou os impropérios escritos no elevador. Talvez tivessem sido criados pelo escritor maldito em um momento de grande inspiração. O elevador chocou-se contra o andar térreo. A equipe saiu e Dona Adelaide perguntou timidamente:

— Quando é que vai passar?

— Hoje, no jornal da meia-noite — respondeu a repórter com um olhar de cumplicidade. — Como é ser vizinha de um dos dramaturgos que fizeram a história do teatro brasileiro? — perguntou à velhinha.

Dona Adelaide rodopiou a mão agarrada à bengala.

— Todos os vizinhos são importantes — respondeu, seca.

A equipe entrou na viatura. Dona Adelaide reparou no logotipo da emissora que estava pintado no carro. Teria que assistir à tevê naquela noite, coisa que detestava.

Quando o jornal da meia-noite começou, Dona Adelaide já estava sentada na poltrona D. José, na frente da tevê, havia quinze minutos. Deixara o volume da tevê bem baixo para que o som não atravessasse a parede do vizinho. Segurava um prato de porcelana inglesa com biscoitinhos de araruta que ela mesma fizera, e comia-os a seco, sem chá, pois chá combinado com televisão lhe dava sono e ela não queria correr o risco de dormir durante a reportagem.

A matéria começou. Os dedos de Dona Adelaide apertaram com mais força o prato de biscoitos. Ela parou de comê-los. A tela mostrou a repórter que viera fazer a entrevista, mais alta, mais gorda, mais bonita e muito mais feminina do que na verdade era. Estava na frente do Edifício Copan e dizia que Márcio Flávio, um dos grandes dramaturgos brasileiros vivos, morava ali. Dona Adelaide sentiu-se invadida. De certa forma, ela também estava sendo exibida em cadeia nacional, atrás daquela fachada em forma de S, limpando, polindo, desinfetando, verificando se a porta da lixeira estava aberta, espionando o vizinho. Sentiu uma espetada de vergonha. Depois a repórter aparecia conversando com o dramaturgo dentro do apartamento dele. Ele dizia que tratava clientes neuróticos com a leitura do Tarô e do I Ching, com hipnose e massagens bioenergéticas que arrancavam gritos dos pacientes num protesto inconsciente contra a repressão exercida pela sociedade patriarcal. Embora não os entendesse, Dona Adelaide captou o suficiente daqueles termos extravagantes para esclarecer a origem dos gemidos e dos gritos produzidos no cubículo vizinho. A reportagem terminava com um desabafo do artista contra os jornalistas que o consideravam ultrapassado:

— Ultrapassado é a puta que os pariu. Só na cidade de São Paulo há quatro peças minhas sendo encenadas simultaneamente. De que outro autor se pode dizer isso? Meu texto continua atual porque o país continua a mesma merda.

Dona Adelaide desligou a televisão. Então seu vizinho era mesmo muito importante. Mas se era tão famoso, por que é que Dona Adelaide nunca ouvira falar dele? Famoso era Clark Gable, este sim um grande artista. Dona Adelaide escovou tudo o que tinha na boca e foi dormir. Jamais soubera, e nunca viria a saber, que Clark Gable tinha mau hálito.

O Maldito não levou em conta o aviso pregado na lixeira. Ao contrário, agora sim é que ele a deixava aberta de propósito. Dona Adelaide passava todo o dia e boa parte da noite bastante irritada, atenta aos ruídos e aos odores da vizinhança, abandonando várias vezes sua faxina para verificar se a lixeira tinha sido ou não fechada. Ficava tão transtornada, tão dispersa, que às vezes suas tarefas acabavam ficando pela metade. Foi assim quando ela lavou as paredes da cozinha com a vassoura e detergente mas se esqueceu de enxaguá-las. E quando ela esqueceu as calcinhas fervendo com água e sabão num balde de alumínio até que a água secou e as calcinhas ficaram carbonizadas. O fedor da lixeira agora não a abandonava um só segundo. Sobrepujava o perfume dos sachês que ela espalhava nos armários, alojando-se nas gavetas e infiltrando-se nas fibras dos tecidos. Impregnava os poros das paredes, que Dona Adelaide esfregava com álcool sem conseguir purificar, e da sua própria pele, que ela banhava com colônia sem conseguir perfumar. Seguia-a pelas ruas quando ela ia ao supermercado ou à farmácia, e quase se fazia enxergar formando um invólucro em torno do prédio que de longe já recendia o cheiro putrefato. Tudo tem limite. Dona Adelaide não aguentava mais.

Foi ao supermercado e comprou uma pá de lixo feita de lata, um litro de água de lavadeira, outro de soda cáustica e um pacote de Bom Bril. Carregou tudo dentro da sacola plástica até seu andar. Em vez de entrar com o material no seu apartamento, apertou a campainha do vizinho. O olho mágico turvou-se e a porta abriu. Um cheiro de muitos homens sujos juntos invadiu o corredor. O vizinho cumprimentou-a e olhou o seu pacote, curioso.

— Desculpe o incômodo — disse ela amaciando a voz. — Eu vi o senhor na televisão. É uma honra ter um vizinho de tanto prestígio.

— Prestígio é coisa de veado — respondeu ele à anciã que estava determinada a não se abalar com suas excentricidades. — A senhora está precisando de alguma coisa?

— Estou sim. Eu queria que o senhor me lesse o Tarô. Preciso tomar uma decisão importante. Quero saber o que sugerem as cartas.

O vizinho pediu à velha que entrasse e trancou a porta.

— Não são as cartas que sugerem porra nenhuma. Elas apenas mostram o que o inconsciente da senhora já está careca de saber — explicou o tarólogo.

A viúva o seguiu até uma mesinha forrada com um pano encardido. Assumindo uma postura solene que a sordidez do ambiente desmentia, o tarólogo sentou-se à mesa, apagou a lâmpada moribunda com o auxílio de uma pera, acendeu uma vela e, sussurrando à anciã que se sentasse e relaxasse, baixou as pálpebras. Em menos do que um segundo, escutou um baque seco, sentiu uma pancada na cabeça e tentou abrir um olho, confuso. Em pé, a velha desferia-lhe nas têmporas vários golpes com o castão da bengala. Ele tentou alcançá-la, mas recebeu nos olhos um jato de água de lavadeira. Caiu sobre a mesa e soltou um grito tão semelhante aos que se emitiam diariamente no seu apartamento que não impressionou a anciã nem a ninguém mais. A viúva continuou a golpeá-lo na cabeça até quebrar a bengala. Ele caiu de nariz contra o chão e se afogou na poça que se formou com seu sangue. Com a pá de lixo feita de lata que comprara no supermercado, Dona Adelaide cortou-lhe os pulsos. Virou-o de boca para cima e enfiou-lhe na goela o bocal do litro de soda cáustica, despejando-lhe o líquido peito adentro. Depois tapou-lhe a garganta com esponjas de Bom Bril. De cima da pia, apanhou um copo sujo de café, lavou-o e utilizou-o como fone de ouvido, auscultando através das paredes. Certificou-se de que ninguém estivesse por perto e voltou ao seu apartamento, levando a bengala quebrada dentro do saco de supermercado.

Tomou um banho e se arrastou com as pernas poucas e vagarosas até a lixeira. Fechou-a. Voltou, deitou-se na cama Dona Maria Primeira e ali ficou várias horas, farejando o ar, sentindo o mau cheiro sumir devagar.

Nos dias que se seguiram, Dona Adelaide não se ocupou de limpezas. Ficou tranquila dentro de casa, o nariz atento a cada movimento do ar, ansioso por captar o fedor que estava por emanar da carne que apodrecia no apartamento do vizinho.

A menina dos gatos

Um pouco antes das oito horas, Curió saiu de seu apartamento e foi sentar-se na escada externa do edifício, conforme fazia todas as manhãs, desde que ficara desempregado. Cada um dos seis blocos que compunham o edifício era paramentado com uma vistosa escadaria externa em espiral que se enroscava em torno de um pilar para subir da base do prédio até o trigésimo segundo andar. As escadas em caracol eram cercadas por grades de ferro e faziam parte de um dos equipamentos contra incêndio honestos da cidade. Vistas de cima, elas pareciam serpentinas mal desenroladas por algum engenheiro de índole carnavalesca e pouca força no arremesso. Nos fins de semana, os moleques libertavam-se de seus pequenos apartamentos e desciam correndo por elas, sempre olhando para baixo, até se sentirem tontos e alegres, com o medo de cair e a certeza de não cair. Curió sentou-se no primeiro degrau, abriu o jornal do dia anterior e esperou. Um benevolente cheiro de café coado, misturado ao de fumaça de automóvel, informou que aquela manhã estava sendo igual a todas as manhãs na vastidão de caixotes amontoados que era São Paulo. Curió suspirou, tranquilo, pois era certo que quando ouvisse uma sirene distante anunciar as oito horas, a menina dos gatos iria aparecer.

Ele era baixo, um pouco gordo e muito tímido. Filho único, tinha trinta e oito anos, já experimentava o desengano da calvície e ainda morava com os pais. A natureza fora obrigada a lhe dar uma personalidade e, como aquilo que se faz só por obrigação tende a ser feito de má vontade, deu-lhe uma personalidade prescindível e insípida, que lhe apagava rapidamente as pegadas deixadas nos caminhos íngremes do convívio humano; era consequência desse descaso ecológico a indiferença com que a menina dos gatos passava por ele todas as vezes em que seus roteiros se cruzavam, como se a existência dele ainda não tivesse sido registrada por ela ou pelo mundo.

A sirene gemeu um miado comprido. Curió libertou do jornal os pequenos olhos opacos e pousou-os na sacada da escadaria externa do bloco vizinho, ao lado de uma pombinha, que fugiu estabanada.

O primeiro gato apareceu. Era grande e redondo, preto com manchas brancas. Chegou num trote gracioso, mantendo deitadas as orelhas aerodinâmicas; o rabo preto, esticado para cima e com a ponta branca, lembrava uma vela acesa. Esfregou no chão o queixo, o pescoço e depois as costas, remexendo-se à esquerda e à direita com as patas para cima, a boca desenhando um sorriso de gente. Em seguida, esfregando a parede como uma esponja de limpeza, apareceu a cara branca do segundo gato, com sua máscara de pelos pretos em torno dos olhos. Depois da cara veio o corpo branco com três manchas pretas nas costas, e finalmente o rabo grande, felpudo e altaneiro, ondulando como uma bandeira. O gato branco caminhou leve e desconfiado, quase rastejando, e encostou a ponta do nariz cor-de-rosa no nariz preto do amigo.

Então surgiu a menina dos gatos. Curió sacudiu um pouco o jornal, baixando a cabeça e voltando a cara para ele, para dar a impressão, a distância, de que estava lendo. Por debaixo das pálpebras, focalizou a menina, não sem que lhe doessem o nariz e a testa por causa do esforço.

A menina dos gatos era toda formada de coisas redondinhas: rosto, seios, gestos de mãos e de corpo. Movimentava-se com a leveza de quem conhece o incômodo que sente o ar ao ser furado e o chão ao ser pisado. Estava usando sua jaqueta felpuda de pelos sintéticos amarelinhos que pareciam uma extensão de sua cabeleira loura, uma calça jeans bem justa e botinhas de salto alto. Não devia ter muito mais do que vinte anos, arriscava Curió, que se reconhecia um péssimo adivinhador de idades.

A chegada da moça assanhou os animais. O preto disparou pela escadaria, estacando de repente dois andares acima, duro como um bibelô de louça, a espiar uma pombinha que descansava na grade. O branco, meigo, desconfiado, enroscou-se nas pernas da dona. Ela sentou num degrau e entregou-se à tarefa de lixar as unhas.

Na manhã anterior, a menina tinha comparecido à sacada da escadaria com outros dois gatos, o rajado cinzento e o rajado amarelo que era parecido com um filhote de tigre. Curió já contara seis gatos diferentes na companhia da moça. Talvez o bando fosse formado de ainda mais do que meia dúzia, sendo possível a existência de gatos de aparência idêntica. Os gatos, notara Curió, comportavam-se todos de maneira igual. Esfregavam-se nas paredes, no chão, nos degraus, e ficavam imóveis como uma estátua sempre que viam uma pombinha de perto. Subiam ou desciam um andar ou dois e depois retornavam ao seu para novamente enroscar-se nas pernas da dona. Por fim, percebiam Curió a observá-los de longe e, voltados para ele, quietos, apoiados nas patinhas dobradas, respondiam à curiosidade do moço com a sua, olhando placidamente para ele como se a manhã nunca fosse acabar.

O passeio durava mais ou menos quinze minutos. Curió ficava espiando a menina. Os gatos ficavam espiando Curió. Por trás da couraça esbranquiçada que protegia o céu contra os arranhões dos edifícios, um sol resfriado espiava a cidade. Depois a menina levantava da escada e, andando com muita leveza para não pisar nos gatos que se enroscavam em suas botinhas de salto alto, desaparecia junto com eles pelo corredor.

* * *

O zumbido seco da campainha intrometeu-se entre Curió e seu computador, trazendo o rapaz de volta ao pequeno apartamento que tinha o cheiro da família. Irritado, Curió abandonou a composição de seu dicionário de diretores brasileiros de filmes de curta-metragem para atender à visita, sempre inconveniente, qualquer que fosse, desde que o rapaz estivesse imerso nas suas lides literárias. O olho mágico noticiou a presença da vizinha Dona Zilá e de sua filha Luciane. A mulher parecia adivinhar os momentos em que Curió estava sozinho e atarefado para dissipar-lhe a concentração com algum pedaço de bolo ou uma cestinha de pães de queijo coberta por guardanapos de papel.

— Desculpe, eu volto depois — disse a mulher, mal a porta se abriu, os eficientes olhos redondos vasculhando rapidamente o local. — Pelo jeito sua mãe não está.

— Mamãe e papai estão em Jundiaí — respondeu ele com a mesma opacidade dos olhos na voz. — Só voltam no mês que vem.

— Eu só vim trazer estes pãezinhos de minuto — continuou a vizinha, rolando os olhos escuros sobre o rosto impassível do moço. — Calculei mal a quantidade de massa e fiz pãezinhos para um batalhão. Acabei de dar um saquinho para o porteiro.

Curió pegou sem jeito o saquinho morno de pãezinhos perfumados:

— Não precisava se incomodar, Dona Zilá... ééé... Zilá!

Curió costumava chamar a vizinha de "Dona" por sentir-se muito mais novo do que ela, embora ela fosse só um ano e meio mais velha. Na verdade, se levadas em conta apenas as respectivas aparências, ele era quem devia ser chamado de senhor. O desconto ficava a cargo da pequena Luciane, menina de oito anos com aparência de treze, que sempre o chamava de tio. Ficaram alguns segundos parados à porta, Zilá e a filha esperando um convite para entrar, Curió esperando as despedidas.

— Não querem entrar um pouquinho? — convidou Curió, derrotado.

Mãe e filha invadiram a sala, apoderando-se de dois lugares ao sofá.

— Não podemos ficar muito tempo — adiantou-se Zilá. — Temos que buscar os convites para a festinha, não é, Lu?

— Sábado que vem vai ser a festinha do meu aniversário — informou animadamente a menina com os lábios em bico.

Curió abriu a boca para dizer alguma coisa, que se perdeu entre o dever e a falta de vontade de cumprimentar a aniversariante. Zilá o socorreu, emendando nova fala à da menina:

— Você está convidado desde já. Depois a Lu vem aqui entregar o convite em mãos, não é, Lu?

— É um convite assim cor-de-rosa com o desenho da Cinderela, tio.

— Provavelmente não vou poder ir — desculpou-se o solteirão com a voz fraca. — Tenho que terminar o meu livro.

— Viu só, Lu? O tio é escritor.

— Que nem o Monteiro Lobato? — apressou-se a menina a perguntar.

— Que nem o Monteiro Lobato — disse a mãe.

A menina riu, maravilhada.

— Quem me dera — explicou Curió, com um pouco de raiva de si mesmo por estar alongando a conversa. — Por enquanto só estou escrevendo um dicionário. É mais fácil.

— Mas vai parar de escrever durante meia horinha no sábado para ir comer um bolinho na festa! — ordenou a vizinha, maternal.

— Desculpe, mas não vai dar.

— O bolo vai ser enfeitado com o baile da Cinderela e vai ter um sapatinho de açúcar cristal rodando em cima! — guinchou a menina, na tentativa de apresentar um argumento irrefutável.

— Você está in-ti-ma-do a ir! — decidiu a vizinha, levantando-se do sofá e pondo o braço por cima dos ombros da filha. — Nem que seja para ficar só dez minutinhos e comer um cachorro-quente!

— Vou tentar — gemeu Curió, desanimado. Abriu a porta e olhou as duas saindo.

— Dá tchau pro tio — ordenou carinhosamente a mãe.

Luciane fez um bico para dizer tchau tio com sua voz de criança, mal adaptada às formas de seu novo corpo, estreito na cintura, largo nos quadris, roliço nas coxas, o perímetro do tórax num pequeno sutiã.

Curió esperou-as voltar ao apartamento, abraçadas. Por mais chatas e impertinentes que fossem, comoviam pelo amor que tinham uma à outra. Era evidente o desvelo com que a mãe cuidava da filha, matriculando-a no melhor colégio que seu salário de professora primária conseguia pagar e endividando-se para lhe dar disquinhos de presente. Curió fechou a porta e, aconchegando o saquinho morno ao peito, mastigou um pãozinho para engolir um caroço que apareceu de repente em sua garganta. Pensou na menina dos gatos. Ele nunca tivera um animal de estimação. De volta ao computador, continuou a escrever seu livro, o primeiro dicionário de curta-metragistas brasileiros, que ele mesmo deveria atualizar todos os anos.

No dia seguinte, na mesma hora, Luciane veio trazer-lhe o convite para a sua festinha.

— A mamãe pediu para o senhor ir nem que seja só por cinco minutos, para tomar uma cervejinha, tio.

* * *

A festa foi realizada no começo da noite, na sobre-loja do bloco F, que fazia as vezes de sala de reuniões de condôminos em épocas conturbadas e de salão de festas em tempos de confraternização. Só metade do salão era coberta por um teto; a outra metade projeta-va-se, acanhada, sobre a irrequieta calçada da Avenida Ipiranga, formando uma varanda atrofiada e cercada por um gradil. O transeunte que tivesse tempo e boa vontade para com as aventuras cotidianas poderia de-ter-se na calçada por alguns minutos para assistir à al-gazarra das crianças que comiam cachorros-quentes e brigadeiros sob cachos de bexigas coloridas, ao som de enjoativas musiquinhas de disco infantil. O mesmo transeunte, se dado a reflexões, acharia o cálido e ino-cente espetáculo inadequado ao teatro em que estava sendo encenado.

Curió chegou logo no começo da festa. Entregaria o presentinho, beberia de um só gole meio copo de cerveja e iria embora rapidamente. Contava não de-morar mais do que três minutos para levar ao cabo toda a operação, que duraria menos ainda se ele con-seguisse entregar o presente e beber a cerveja ao mes-mo tempo. Considerando que a ida até a livraria da Barão de Itapetininga para comprar um presente ba-rato, a compra em si e a volta para casa lhe tomaram vinte e três minutos, Curió achava-se ainda com cré-dito para levar da festa um bom suprimento de salga-dinhos. Passou os olhos baços de tédio pelo recatado carnaval e logo localizou a aniversariante. Estava brincando de roda com um bando de crianças lideradas por uma mocinha vestida de fada, contratada para prevenir o fastio e a barbárie infantis. Entre todas as crianças da festa, Luciane destacava-se pelo tamanho. Grande e desengonçada, arrastava-se pelos folguedos como Gulliver numa festinha em Lilliput, seguida com profissional obstinação por um jovenzinho que gravava tudo com uma câmera de vídeo amadora. Curió precisava entregar o presente, mas ficou ali parado, as pernas duras, os braços caídos, com medo de que seus parabéns fossem impiedosamente registrados pelo cameraman.

— Que bom que você veio, Curió! — berrou Zilá, emergindo não se sabe de que parte da festa para socorrê-lo. Estava com um vestido justo de malha cor-de-rosa que lhe anunciava, como um outdoor, a exuberância das nádegas.

— A senhora faça o favor de entregar esta lembrancinha à Lu, Dona Zilá — despachou Curió, colocando o presente entre seu corpo e o da vizinha como um escudo. — É um livrinho para crianças, do Monteiro Lobato.

— Não precisava se incomodar! — disse Zilá, agarrando o pacote e aconchegando-o ao peito como se também tivesse direito ao mimo. — Fique à vontade. Vou lhe servir uma cervejinha.

Curió escolheu o canto mais escuro da varanda e sentou-se numa cadeira de plástico. Zilá voltou com dois copos de cerveja e um cachorro-quente.

— O molho está uma delícia. A Lu me ajudou a fazer — disse ela, sentando-se ao lado do convidado e lambuzando-lhe o rosto com seus grandes olhos escuros.

Curió aceitou a bebida mas rejeitou o petisco, mais por respeito à determinação de sair cedo da festa do que por falta de apetite.

— Obrigado, Dona Zilá, mas eu tenho que ir. Só vim mesmo para não deixar a data passar em brancas nuvens, a senhora não repare.

Engoliu a cerveja e levantou-se. Nesse instante, entrou no salão a menina dos gatos. A cerveja engolida às pressas fez mal a Curió, que sentou-se, enjoado. Zilá acudiu, dando ao mesmo tempo o diagnóstico e a receita para a cura:

— É fraqueza. Coma um pouquinho que já passa.

Curió pegou de volta o cachorro-quente e em seguida aceitou um pratinho com quibes e capetinhas providenciado pela anfitriã.

A menina dos gatos não teve vergonha de interceptar a ciranda das crianças nem de se expor à lente do videomaker para poder cumprimentar Luciane e entregar-lhe de presente um gatinho de pelúcia amarelo. Depois veio caminhando seu passo delicado até perto de Curió porque precisava cumprimentar a mãe da aniversariante que estava de plantão junto ao doente. Foi apresentada a Curió como Cristina, mas avisou que preferia ser chamada pelo apelido, Kitty. A voz dela era rouca e baixa, como um ronrom. Falava pouco quando Zilá estava junto, menos ainda quando ficava a sós com

Curió. Nesses momentos, mastigava calmamente os petiscos que separara para si em um pires. Das coxinhas, dos hot-dogs e das esfirras, comia só o recheio, rejeitando a massa. Do bolo, lambia só o creme, retirando com a língua o que lhe sobrava nos cantos da boca e nas pontas dos dedos. E, quando sorria, mostrava uns dentes miudinhos e um pouco pontudos.

Tímido e duro feito um pau, Curió desesperava-se por iniciar um diálogo que pudesse torná-lo interessante à menina dos gatos. Sentia-se insípido, se não aborrecido, e até repugnante, quem sabe odioso, e previa o péssimo efeito de qualquer observação que ousasse fazer. Vasculhou-se por dentro, tentou encontrar uma história ou uma ideia... mas todas as histórias eram conhecidas e nenhuma ideia era de talento, e Curió voltou para o lado de fora de mãos vazias e empoeiradas. Nem os repetidos copos de cerveja a que recorreu como panaceia contra a insegurança surtiram efeito. Num esforço para sobreviver a situações como essa, pelas quais já passara inúmeras vezes, Curió desenvolvera darwinianamente a capacidade de mostrar-se interessado pelas coisas do seu interlocutor, fazendo perguntas sem parar, de forma a manter acesa a conversação sem o perigo de exibir a própria monotonia interior. Mas com a menina dos gatos isso não iria funcionar. Ela aparentava uma altivez serena em cujo território não seriam admitidos curiosos. Foi Dona Zilá que, sem saber, salvou a vida ao náufrago:

— Kitty tem oito gatinhos em casa. São as coisinhas mais fofas deste mundo.

Kitty era uma dessas amantes de gatos que só quem ama os gatos pode compreender, embora talvez não apreciar. Ao ouvir falar nos seus queridos, dispunha todo o seu repertório de assuntos felinos num tabuleiro e começava a jogar, quisesse o interlocutor disputar ou não a partida.

— Todos os meus gatos são castrados — começou ela. — Eu não conseguiria manter mais do que oito numa quitinete! Gasto muito tempo e quase todo o meu dinheiro com eles.

Vendo que Curió se sentia melhor, Zilá abandonou a dupla para fazer sala aos outros convidados e, quem sabe, evitar ouvir outra vez tudo o que já sabia sobre os gatos da Kitty. Era uma moça muito boazinha, a Kitty, mas um samba de uma nota só, falava sempre a mesma coisa. O coitadinho do Curió não iria aguentá-la por muito tempo.

— Você tem gatos de raça? — perguntou o moço, aumentando sem perceber o tamanho dos olhos e emprestando-lhes certo fulgor.

— Todos vira-latas — respondeu ela, entusiasmada. — Encontrei-os na rua, doentes e faminstos. Meu apartamento é um ovo, mas gato de apartamento tem vida mais longa. Assim disse o veterinário. Gato que vive solto em São Paulo acaba sempre morrendo atropelado.

Curió ouviu a menina dos gatos durante horas, sem precisar fazer nenhuma pergunta, e não ficou sabendo quase nada sobre ela. Mas a respeito dos seus gatos aprendeu quase tudo: idade, aparência, manias, habilidades, preferências, vacinas, pequenos acidentes e grandes tragédias. Quando ela quis despedir-se (era hora de tirar o coração de boi cru do congelador para alimentar Pic Nic e Lolita, que não comiam ração), Curió sentiu uma agitação nas veias. Que impressão teria causado? Kitty devia ter apreciado a sua companhia: conversou tanto que nenhum dos dois viu o tempo passar. Será que ela iria querer encontrá-lo de novo? Provavelmente não, não tinha motivo para isso. Curió não dissera nada que pudesse manter uma mulher interessada em vê-lo uma segunda vez. A convulsão nas veias provocou uma erupção de palavras pela garganta afora.

— Meu nome verdadeiro é Eduardo Augusto Magalhães — ele conseguiu dizer. — Curió é só apelido.

— Curió é um bom nome — ela elogiou. — Se eu tiver outro gato macho vou batizá-lo de Curió.

Em algum ponto da sua intimidade Curió exultou por ter sua virilidade reconhecida. Pensou em oferecer-se para acompanhar Kitty até seu apartamento mas ficou com vergonha de incomodá-la. Viu-a deixar a festa em seu andar leve e sossegado e depois saiu rapidamente sem despedir-se de ninguém.

Não foi direto para casa. Perdera a tranquilidade, ou a apatia, que o deixava trancado dentro do apartamento. O ronrom da menina dos gatos ainda lhe fazia vibrar o coração. Decidiu caminhar até cansar, deixando por conta dos pés a escolha do roteiro, e eles o levaram à Praça Roosevelt.

A praça estava quase toda escura. Em alguns trechos emprestava do supermercado, ainda aberto aos últimos fregueses, uma claridade azulada que banhava a banca de flores e os bancos de cimento, sobre os quais dormiam mendigos enrolados em mantas imundas. Anônimas figuras masculinas perambulavam em silêncio sob a luz indiscreta, trocavam confidências rápidas e escapavam aos pares para os segredos das sombras. Um gato magricela e arrepiado cruzou devagar o território iluminado em direção ao abrigo para gatos. O abrigo era uma favela em miniatura feita de papelão, montada atrás da banca de flores por certa gente compassiva e esquisita que ia visitar e alimentar os gatos todas as noites, esparramando sobre a terra pequenas vasilhas com água, sobras de comida e ração. A população felina da praça renovava-se constantemente, uma vez que os gatos mortos eram substituídos por novos gatos abandonados, e aumentava sempre, provocando na população de mendigos um forte sentimento de revolta que combinava ódio, inveja, ciúmes e indignação. Algumas noites de inverno testemunharam massacres de gatos por parte de miseráveis embriagados que reivindicavam para si os bancos, o papelão das caixas, as sobras de comida e a atenção das visitas.

Curió parou perto da banca de flores e examinou os vasos de plantas. Os maiores, ocultos pelas folhagens mais fartas, serviam de dormitório aos gatos que preferiam certa privacidade à promiscuidade dos alojamentos de papelão. Em um vaso com um coqueirinho, dormia encolhido um filhote amarelo, a cabeça escondida na barriga e coberta pelas patas da frente. Curió ajoelhou-se e o apanhou com uma só mão. O bichinho bocejou, espreguiçou-se e sacudiu as patas esticadas, arranhando o ar na tentativa de libertar-se. Curió tentou descobrir o sexo do animal. Pouco versado na matéria, não conseguiu. "Tanto faz", avaliou. "Sendo macho ou sendo fêmea, vai chamar-se Kitty."

* * *

Pouco depois das oito horas da manhã seguinte, a menina dos gatos fez-se escoltar até a escada de incêndio do seu bloco por uma gata de três cores e um gato grande e cinzento. Sentou-se no primeiro degrau, tirou as botinhas e começou a lixar as unhas dos pés. De longe, um miado fino como uma agulha veio penetrar-lhe o ouvido. Olhou na direção do olhar dos seus dois gatos e achou, no bloco vizinho, sentado no degrau, um Curió excitado e sorridente, com os braços erguidos, a mão esquerda acenando e a outra exibindo um troféu, o pequeno gato amarelo e trêmulo.

* * *

Curió salvou num disquete a data em que a menina dos gatos visitou-o pela primeira vez, só para ver o gatinho de perto. Pensou em anotar alguns tópicos relacionados ao encontro como matéria para a futura escrita de um romance, mas acabou achando que não valia a pena. A menina dos gatos fez a parte dela, ficando sentada no sofá da sala, alisando o gatinho que dormiu escarrapachado em seu colo quente e doce, embalado pelo ronrom da sua voz e narcotizado pelo ópio do seu hálito. Também falou o que sabia e o que não sabia sobre a criação de felinos dentro de apartamentos: como ensiná-los a fazer as necessidades sempre na bandeja de areia, como evitar que o ambiente se impregnasse do odor característico da sua urina, quais os petiscos mais apreciados, como evitar que eles lixassem as unhas em móveis e cortinas, onde conseguir mais barato o anticoncepcional para pulgas que tinha causado uma revolução na prevenção contra os até então invencíveis parasitos.

Curió é que não soube aproveitar a pequena brecha que se abriu na conversação para materializar na sala a sua própria personalidade. Pudera, o que é que ele tinha para oferecer à sua querida? A única qualidade nobre que possuía era a de ser um escritor, embora ainda não tivesse conseguido escrever nenhum livro, a não ser o dicionário de realizadores brasileiros de filmes de curta-metragem, por enquanto organizado só até a letra C. O momento em que o monólogo ronronado deu lugar a um diálogo ocorreu quando a amada precisou dar uma ocupação diferente à língua, engolindo um copo d'água.

— Duvido que você saiba como evitar que meu gato de estimação brigue com o meu rato — arriscou Curió.

— Você tem um rato aqui? — espantou-se a menina, que tinha o nojo aos ratos tão típico do seu sexo quanto o nojo às baratas.

— Um rato inglês, por assim dizer, um mouse.

Curió levantou-se do sofá, foi até a escrivaninha, sobre a qual estava instalado seu computador, e exibiu-lhe, orgulhoso, o acessório eletrônico.

— Mouse de computador. Um pouco antes de você chegar, eu estava deletando alguns arquivos velhos para conseguir alguns bytes livres no meu Winchester.

A menina dos gatos acenou com a cabeça. Um acordo tácito determinava que era a vez do homem falar, fosse lá sobre o que fosse.

— É que agora eu adquiri um Modem que também recebe fax. Estou acessando algumas BBS para receber novos programas shareware.

Curió examinou a reação da moça. Tinha os olhos fixos nele, vazia de expressão, o corpo imóvel. As mãos autônomas continuavam alisando o gato. Curió decidiu pintar naquele quadro em branco as cores do interesse e da admiração por quem conhece um assunto em geral ignorado.

— Os shareware são muito úteis para o gerenciamento do sistema que estou montando...

— Eu não entendo patavina de computador — interrompeu a moça.

— Como não? Você não usa caixa automático? — provocou Curió, excitado com o que lhe parecia ser o prenúncio de um encontro de almas.

— Nem isso — informou a moça, reprimindo um bocejo.

A vista da boca aberta e da língua cor-de-rosa aumentou a paixão do enamorado.

— Eu explico. O que é um programa, por exemplo? Um programa é uma ferramenta para trabalhar informações. Você pega algo e transforma em outra coisa.

A menina dos gatos levantou-se, beijando o gatinho adormecido que foi acomodado num canto do sofá.

— Eu quase ia esquecendo de comprar sardinha na feira — desculpou-se ela, dirigindo-se à porta. — Xanuquita e Tipsy detestam coração de boi, gostam de ração, mas não podem comê-la porque têm problemas nos rins, por isso sou obrigada a lhes dar sardinha fresca.

— Compre meio quilo para mim também, quero dizer, para o meu gato! — foi o que o coração de Curió pôde empurrar-lhe às pressas pela boca afora. — Mais tarde passo na sua casa para pegar.

Destreinado no jogo amoroso, Curió nem ao menos lembrou-se de acompanhar a moça até o elevador, tão culpado se sentiu por ter esquecido de lhe dar o dinheiro da sardinha. Mirou os pequenos olhos opacos ao espelho da cristaleira. Eram os olhos de um cafajeste, de um aproveitador da complacência feminina.

No finzinho da tarde, Curió foi até o apartamento da menina dos gatos. Apertou a campainha uma vez e esperou. Estava de banho tomado, cabelo molhado e carteira na mão. Ouviu vozes, mas não soube de onde vinham, se de dentro do apartamento da amada ou de dentro de si mesmo, onde os funcionários da empresa Corpo estavam por levar a firma ao colapso. O trabalhador Coração, aos pinotes, queixava-se ao superintendente Cérebro do excesso de trabalho que lhe impunha a chefe Psique para tocar o Projeto Paixão. Os motoristas Pés queriam ir embora dali, mas as manobristas Pernas teimavam em ficar. O faxineiro Intestino fazia hora extra; e a diretora, Dona Libido, ainda exigia superávit. Curió apertou de novo a campainha. Só queria pagar à menina o que lhe devia pelo meio quilo de sardinhas frescas. Uma sombra espiou através do olho mágico. Curió aumentou inconscientemente os olhos e esticou os cantos dos lábios num sorriso de fotografia. Alguns segundos eternos se passaram. Todas as vozes se calaram para que Curió pudesse ouvir o ronrom de Kitty através da porta fechada.

— Estou ocupada agora, Curió. Depois eu passo na sua casa.

Curió não respondeu. Deu por si já dentro de casa, acariciando o gatinho. Sentiu uma compaixão tão profunda quanto o inferno pela criaturinha encontrada na Praça Roosevelt e chorou até dormir.

Às onze horas da noite a campainha tocou. Só podiam ser seus pais, voltando antes do tempo de Jundiaí. Por que é que não usavam a chave deles? Iriam implicar com o gatinho. Curió levantou, tentando despregar dos olhos os gomos de laranja em que o choro tinha transformado suas pálpebras. Tirou o gato de cima da cama e fechou-o no banheiro. Abriu a porta da sala.

Era Kitty. Curió desejou ter escovado os dentes, depois desejou não estar com a cara inchada, e finalmente desejou Kitty, que, sem fazer cerimônia, enroscou-se no seu corpo e o lambeu.

* * *

A manhã preguiçosa entrou pela janela fazendo barulho. Curió emergiu do lago sereno do sono, com os olhos fechados por falta de força nas pálpebras. Flutuou pelo apartamento em cima de uma nuvem, inalando o cheiro novo que temperava o odor definitivo da família, e sentiu prazer nos músculos do braço que esticou para alcançar a amada. Kitty aninhou-se sobre o braço dele e acariciou-lhe o pescoço com o nariz. Ele abriu os olhos e olhou-a de frente. Queria vê-la contra o cenário novo que a claridade da manhã e a nudez do amor tinham montado. Ela não tinha só vinte e poucos anos, não. Curió podia ler o número trinta e cinco traçado pelas linhas em torno dos olhos e estampado nas pequenas pregas dos lábios que proclamavam o advento das rugas. Ela também não era loura. O despenteado do cabelo abrira picadas na floresta do couro cabeludo que denunciavam o colorido original da vegetação, não menos bonito, entretanto, do que o falso.

— Em que você está pensando? — quis saber a mulher.

— Acho que você ficaria linda de cabelos castanhos — disse o homem.

— Obrigada. Você pode me emprestar sua escova de dentes? — perguntou ela, com uma entonação que pressupunha a resposta afirmativa.

Curió excitou-se com a promiscuidade odontológica.

— É sua — ele disse, e enfiou-lhe a língua na língua, nas gengivas, na garganta e no céu da boca.

A menina dos gatos interrompeu-o com delicadeza e levantou-se para ir ao banheiro. Curió estudou-lhe a plástica traseira. Tinha uma bunda grande e redonda, com um pouquinho de celulite — mas que brasileira não tem celulite? Uns pneuzinhos despencavam-lhe sobre a cintura... mas como era gostoso apalpá-los! Enquanto ouvia a escovação dos dentes pequeninos e pontudos, Curió repassava as delícias da noite, cheio de desejo renovado. A menina dos gatos tomou banho e voltou nua. Não ficou nem um pouco envergonhada com o exame que lhe fez Curió da plástica dianteira. "Não é para menos", pensou Curió. "Ela tem os seios lindos, as pernas bem torneadas e um jeito muito feminino. É muito mais do que merece um sujeito como eu, burro, baixo, gordo e careca."

Abraçou-a, apaixonado, mas foi repelido. Kitty precisava visitar os pais no interior e iria tomar o ônibus daí a algumas horas. Curió poderia fazer-lhe o favor de cuidar dos gatos durante dois dias? Ela deixaria escritas todas as orientações.

— Tome a cópia da chave do meu apartamento — disse ela, sentando-se na cama de forma a manter os magníficos seios próximos à boca do apaixonado. — Você terá que ir lá só duas vezes por dia: uma às dez para as oito da manhã e outra às oito da noite. De manhã você limpa a areia, troca a água, coloca a comida nas gamelas e leva dois gatos à escada externa para um passeiozinho curto. À noite você só dá mais comida e limpa de novo o banheirinho deles. Faria isso para mim?

Ela encaixou um bico de peito entre os lábios dele, que mal puderam articular a frase "Com o maior prazer".

— Vou sentir saudade de você — ela ronronou, fechando os olhos e enroscando as belas pernas no pilar do rapaz.

* * *

As orientações deixadas por escrito pela menina dos gatos eram muito mais complexas do que Curió esperava. Charlotte, a gata de três cores, e Diva, a bisneta de angorá, tinham que tomar um pires de leite com suplemento de cálcio, mas longe de Tipsy, que se tomasse leite teria diarreia. Xanuquita só comia carne frita, cortada em pedaços bem pequenos, dados na boca um a um. Mister Spock precisava ser escovado diariamente porque soltava muito pelo que, se engolido, poderia causar úlcera. No primeiro dia os pares levados ao passeio deveriam ser César e Mister Spock. No segundo, César e Pic Nic.

53

Quer por preguiça, quer pelo simples prazer de trair em segredo, Curió decidiu ignorar parte das instruções da amada, elaborando ele próprio uma programação mais simples. Quanto à limpeza e aos medicamentos, nada seria mudado; mas quanto à alimentação, ração e coração fresco de boi para todos estavam de muito bom tamanho. E se ele, Curió, quisesse trocar os pares de gatos nos passeios também, quem iria contar a Kitty? Os gatos? Pois ele formaria o par que bem entendesse, com os gatos mais mansinhos e que estivessem mais próximos da porta na hora do passeio. E assim foi feito.

Na segunda noite, às oito horas, estava Curió no apartamento da amada, avaliando o estoque de cada tipo de alimento felino para apagar os vestígios da traição, quando a porta foi aberta a chave. Curió, que só esperava a volta de Kitty para a manhã seguinte, surpreendeu-se ainda mais quando, em vez da namorada, entraram dois sujeitos desconhecidos que investiram contra ele e o derrubaram a socos.

* * *

O rapaz recobrou a consciência duas horas depois. Seu rosto ardia, a cabeça doía, as bochechas estavam cortadas por dentro. Levantou-se com dificuldade por causa de uma terrível dor no estômago. Sentia-se enjoado. Olhou em volta. O fio do telefone tinha sido cortado. Os corpos de dois gatos, Tipsy e Pic Nic, estavam duros no chão, perto das cabeças decepadas. Curió correu até o banheiro para vomitar, sem poder deixar de enxergar, pelo visor da máquina de lavar roupa, Charlotte e Mister Spock afogados na água. É infinita a tolerância humana à humilhação e ao sofrimento, meditava Curió, enquanto olhava, através das lágrimas, seu vômito ensanguentado despejar-se na pia do banheiro sobre os corpos esquartejados de Diva e Xanuquita. Ou seriam de César e Lolita?

Curió voltou à sala e tentou abrir a porta, que tinha sido trancada por fora. Gritou por socorro com toda a força que lhe restava, dando chutes na porta e murros nas paredes, até ouvir a voz aflita de um vizinho que foi chamar a polícia.

* * *

— Minha Nossa Senhora da Aparecida! — era como a mãe de Curió chamava o marido nas situações de crise familiar. O marido estava sentado à mesa, fingindo ler o jornal. — Quando é que o seu filho vai ter um pouco de juízo?

Curió e os pais estavam tomando o café da manhã. Ao longo dos trinta e oito anos de convívio familiar, o filho acabara herdando do pai a capacidade de impermeabilizar-se às chuvas de descomposturas maternas. Naquele instante, empurrava a consciência para o fundo das águas escuras e fumegantes de uma xícara de café com o auxílio de uma bolacha. Dona

Zilá, que faltara ao trabalho para dar apoio à família amiga naquele momento difícil, estava na cozinha lavando a louça suja que Curió deixara acumular durante a ausência dos pais.

— Você só traz desgosto para os seus pais, meu filho — continuou a senhora. — Primeiro, larga o emprego fixo na Secretaria da Cultura só porque não concorda com o governo. Depois, gasta o que tem e o que não tem numa porcaria de computador porque encasqueta de virar escritor. Depois, basta o pai e a mãe viajarem um pouquinho para o interior, se mete com uma vigarista, traz um gato nojento para dentro de casa, quase morre na mão de uns criminosos e ainda é suspeito de traficar cocaína!

E desatou o choro que estava amarrado na garganta. Dona Zilá acudiu, trazendo um chazinho. O pai pigarreou e foi ao banheiro, levando o jornal.

— Calma, Dona Fortunata — disse Zilá. — A polícia já encontrou os verdadeiros culpados. É gente daqui do prédio mesmo, tudo da mesma quadrilha.

Voltou os olhos enormes para Curió e mudou o tom da voz:

— Quem diria, Curió de Deus, que a Kitty, uma moça tão boazinha, era traficante? A Luciane gostava tanto dela, que Deus nos proteja!

Dona Fortunata, que só conseguia ouvir os brados da própria angústia, tentou penetrar, com olhos de maçarico, a couraça de indiferença do único herdeiro:

56

— Deus sabe onde vamos arrumar dinheiro para pagar o advogado! Você bem que merecia ir para o xadrez, filho da mãe. Alguma culpa no cartório você deve ter, senão não tinha levado uma sova daqueles pilantras!

Dona Zilá interveio, macia:

— A explicação está toda na história dos gatos, Dona Fortunata. O advogado me contou.

Curió acomodou os pequenos olhos sem brilho num canto branco dos enormes olhos de Zilá. Que mulher viva, aquela, uma danada. Sabia mais sobre o caso dele do que ele mesmo.

— A Kitty passeava na escada externa todos os dias na mesma hora com um par de gatos — começou Zilá. — Os gatos eram um código de comunicação para traficantes que se hospedavam alternadamente no prédio e que podiam enxergá-los do seu próprio apartamento. Cada par de gato queria dizer onde e a que horas a droga deveria ser apanhada naquele dia.

Curió ouvia tudo, entre fascinado e incrédulo.

— Acontece que a Kitty se desentendeu com a quadrilha. Como não houve acordo, ela resolveu se vingar e aderir a uma quadrilha rival. É aí que entra o trabalho do Curió. Kitty inventou uma viagem de última hora e garantiu que Curió seria um substituto de confiança. Estava muito tarde para desarmar a transação, então os cupinchas, mesmo com o pé atrás, resolveram pagar para ver.

Curió arrancou metade de um pão com manteiga numa só bocada. Dona Fortunata enxugou uma lágrima e assoou o nariz. O marido escarrou no banheiro. Zilá serviu-se de um pouquinho de chá, que ela também era filha de Deus.

— Conforme o plano de Kitty, a quadrilha seria flagrada logo no primeiro dia. Estava tudo estabelecido. Os gatos que Curió deveria levar ao passeio no primeiro dia provocariam um encontro fatal entre os traficantes e a polícia, durante uma batida. E nessa hora, a Kitty já deveria estar bem longe, amparada pela quadrilha rival.

— Que boa bisca, essa Kitty! — observou Dona Fortunata olhando para o filho.

— Mas por alguma razão Curió trocou os gatos do primeiro passeio e, por coincidência, a transação dos traficantes acabou dando certo. A quadrilha rival sentiu-se traída por Kitty, que deve ter sido punida, e isso é uma das coisas que a polícia ainda está tentando apurar.

— Mas quem foi que me espancou, então? — quis saber Curió, que era meio burro.

— Como a transação tinha dado certo da primeira vez, os traficantes pagaram para ver a segunda. Não sei direito o que aconteceu, mas a combinação de gatos deu numa tal palhaçada que os bandidos resolveram se vingar. E sobrou para você, Curió.

— Bem feito! — desabafou Dona Fortunata. — Que isso sirva de lição para você tomar juízo, arranjar uma boa moça para casar e dar sossego aos seus pais.

Curió teve uma vontade muito fraca de destacar os pequenos olhos dos olhos enormes da vizinha, mas eles permaneceram ali. Que abrangentes, aqueles olhos. Olhos de mãe.

* * *

Curió casou-se seis meses depois com Zilá, que o fez muito feliz, sem dar menos alegria à filha, ao gato e aos sogros. Quanto ao paradeiro da menina dos gatos, a polícia nunca descobriu nada. Mas eu, que escrevi este conto, sei que ela morreu atropelada numa avenida escura de São Paulo, numa emboscada, e que o assassino fugiu.

Falta d'água

Numa noite de sexta-feira, véspera de um fim de semana prolongado, os moradores do Edifício Copan que tinham um emprego do qual voltar encontraram um aviso do síndico colado nas portas dos elevadores. As cópias xerox de um bilhete escrito à mão diziam:

> *Prezados senhores condôminos. Lamento informar que a bomba d'água quebrou e que ficaremos sem água por um período de 72 a 96 horas. Sem mais para o momento, Peixoto.*

Quem estava de viagem marcada para passar o feriadão fora não conseguiu evitar um sentimento de desdém pelos pobretões que iam ter que enfrentar a estiagem em São Paulo. "Quando voltarmos, o problema já terá sido resolvido", avaliaram, deixando para trás um edifício que torrava num verão de 35 graus.

Fora uns dois milhares de viajantes, sobraram cinco mil moradores que passaram a representar corajosamente o papel de bombas d'água humanas para manter seus lares irrigados. Pelo menos podiam contar com a água das torneiras da garagem!

E lá foram eles dentro dos elevadores, num contínuo sobe e desce, bombeando água entre o trigésimo segundo andar e o segundo subsolo, carregando baldes, panelas, caldeirões, garrafas de Coca litro, regadores, moringas e tudo quanto pudesse comportar água, inclusive latas grandes que um dia contiveram tinta. Se houve um jardim constantemente regado naquele feriado, esse jardim foi o piso dos elevadores.

A garagem, antes fria, árida e obscura, agora abrigava alguma vida social que começava a germinar em volta das torneiras. Vizinhos que mal se olhavam passaram a trocar umas palavrinhas durante o abastecimento de um balde ou de um galão. Mocinhas namoradeiras aprenderam a hora em que seus eleitos estariam na frente das torneiras e, maquiadas para festa, iam buscar água em traje de passeio. Algumas compraram baldes novos, envergonhadas com a exposição de seus utensílios gastos pelo uso. Outras combinaram as vestimentas com as cores dos baldes.

Moleques de rua que vadiavam pela vizinhança encontraram um novo jeito de ganhar uns trocos. Encarapitados nos corrimões da garagem, ofereciam seus serviços a senhoras de meia-idade. "Vai uma ajuda aí, tia?" Elas aceitavam, deixando-os sacudir desajeitados os baldes que iam derramando água pelo caminho de seus apartamentos.

Quantas receitas de doces e salgados não foram trocadas na fila de espera para um banho de chuveiro à porta do banheiro malcheiroso da garagem! Houve uma tarde em que até uma equipe de televisão apareceu lá para fazer uma reportagem.

Jovens mães acharam mais prático descer suas trouxas de roupa suja e instalar-se diante de uma torneira para esfregar shorts e fraldas à vontade. Ao lado delas, senhores solitários tentavam recuperar a cor branca de punhos e colarinhos de camisas puídas. Donas de casa caprichosas areavam bules e frigideiras, acompanhadas pelas filhas pequenas que, só de calcinha, chapinhavam nas poças brincando de piscina.

Limpas as roupas e fulgurantes as panelas, gente, baldes e bacias amontoavam-se dentro dos incansáveis elevadores para subir o arquitetônico morro de concreto.

Terminado o feriadão, voltaram de viagem os dois mil moradores de melhor sorte. À porta dos elevadores, encontraram um aviso:

Senhores condôminos. Devido a problemas com a nova bomba d'água, lamento informar que ficaremos sem água por mais 96 horas. Faz-se necessário dizer que todos os esforços estão sendo envidados no sentido de superarmos este difícil momento do Edifício Copan. Peixoto.

— É um abuso! — rosnava a cartomante do 21-E.
— O abastecimento de água pode atrasar, mas se o pagamento do condomínio atrasar, lá vem multa!

— A administração não presta! — desabafava o gay cinquentão do 32-E, abraçado ao seu pequeno cantil recém-abastecido. — Como é que nós não temos uma porra de uma bomba sobressalente?

— Temos que chamar esse síndico no saco! — conclamou a cartomante, desembarcando no seu andar uma cesta de lençóis torcidos.

Naquela noite, cerca de cem moradores reuniram-se na garagem para exigir do síndico uma satisfação. Cem não era um número representativo dos sete mil moradores do prédio, mas isso era um detalhe irrelevante face à emergência. Maria, a louca do 20-E que andava vestida de santa, contribuía para a manifestação com a voz fanhosa do seu megafone:

— Que a Virgem Maria faça correr água benta nos canos do Edifício Copan!

O síndico era criatura de muita sensibilidade e pouca firmeza. Em alguns meses de mandato percebera que não tinha vocação para prefeito de uma cidade vertical cheia de contrastes e problemas. Já tivera que aumentar a taxa do condomínio quatro vezes por conta de reformas hidráulicas, elétricas e mecânicas, e quanto mais consertava o prédio mais estrago aparecia.

Chegou à assembleia uma hora e meia atrasado, quando a reunião se reduzia a cinquenta e dois gatos pingados mais a Maria, que era sempre a última a abandonar eventos de qualquer natureza. Justificou o atraso, deu razão aos condôminos, pediu perdão pelo transtorno, creditou o problema da bomba d'água à administração anterior, ressaltou seu empenho em normalizar a situação e anunciou sua renúncia para o início do mês seguinte. Quem quisesse que administrasse aquele abacaxi.

— Frescura de boneca — cochichou a cartomante a uma vizinha. — Diz que vai renunciar só para ver se a gente grita "Fica! Fica!".

A notícia da renúncia do síndico deu aos moradores a impressão de que a situação melhorava e que em algum ponto do universo uma entidade justiceira trabalhava para vingá-los.

Ao fim de outros quatro dias, quase todos os elevadores tinham pifado devido ao excesso de uso. Pelo mesmo motivo, as torneiras da garagem também não funcionavam mais, e foram amarradas com tiras de pano e elásticos.

Então a bomba d'água começou a funcionar, injetando fluido vital nas veias do edifício. Revigorados, os moradores lavaram seus pisos, suas coisas, seus corpos e suas almas. O líquido amenizou a aspereza daquelas existências e serviu como emoliente dos corações endurecidos pelo desconforto. Os ânimos se acalmaram, até que veio a conta do condomínio do mês. Junto, uma mensagem datilografada do síndico:

Senhores condôminos. Lamento informar que devido à aquisição de duas bombas d'água, ao reparo dos elevadores e à troca das torneiras da garagem, a taxa do condomínio subiu 80%. Cordialmente, Peixoto.

O fantasma

Em outubro de 1993, um padre José, exorcista, foi chamado secretamente ao Edifício Copan por um grupo de moradores atormentados por visitas do outro mundo. Apenas chegou na galeria que antecede as entradas dos blocos de apartamentos, padre José, a mão direita levantada e os olhos semicerrados, sentiu de chofre a presença dos espíritos cuja dor eterna transpunha as fronteiras do além para abrandar-se neste mundo de sofrimentos fugazes. Padre José percorreu todo o prédio, dedicando especial atenção aos locais mais frequentados pelos espectros, como as monstruosas e escuras garagens subterrâneas, a deserta quadra de esportes em ruínas, o sereno terraço sacralizado pelas alturas, as promíscuas rampas de comunicação entre os imensos corredores do bloco B e, particularmente, o pequeno apartamento destinado aos empregados que exercem a função de encarregados do edifício.

Localizado na cobertura, o apartamento estava vazio havia meses. Tinha sido rejeitado pelo encarregado que substituíra o falecido Agenor, sob a alegação de que o cubículo era assombrado pelo morto. Ao imponderável desafio das forças ocultas, o empregado preferia seu longínquo, mas muito desta vida, barraco na periferia, de onde vinha espremido em velhos ônibus enferrujados, sacolejando durante quatro horas todo dia, contadas as idas e as vindas, exasperantes, sim, mas todas dentro deste território palpável dos organismos. Esse sistema tornava o trabalho do encarregado pouco eficaz, já que ele nunca estava presente no edifício nos momentos em que era mais necessário, isto é, durante as noites e os feriados, que é quando os problemas graves acontecem.

Ao longo dos anos, o pendor natural das comunidades pensantes à produção de cultura tinha transmutado as assombrações do Copan em casos de terror que eram propagados entre funcionários e moradores, como o do homem elegante de terno branco que saía do elevador do bloco C durante as madrugadas das sextas-feiras 13 para evaporar-se nas sombras da garagem, aos olhos estupefatos do vigia sonolento. Os mesmos olhos apavoraram-se com as manobras de um carro que parecia andar sozinho à meia-noite, dirigido pelo fantasma invisível do antigo dono, que precisara vender o estimado veículo para pagar o tratamento de uma doença incurável. Em ronda noturna pelo terraço, um segurança fora perseguido por uma mulher nua, de corpo magnífico, mas sem cabeça, que queria, jurava ele, forçá-lo a atirar-se no asfalto; a abantesma tinha sido uma beldade que, atormentada pela infidelidade do marido, atirara-se do terraço, quebrando o pescoço, e agora vinha amofinar o mundo masculino com a determinação de arrastar consigo o maior número possível de cavalheiros ao suicídio. No bloco F, nas madrugadas da quaresma, podiam ser ouvidas orações em latim; as vozes eram de dois padres alemães que, à época da construção do edifício, aproximaram-se demais das valas destinadas aos alicerces e caíram, ficando ali enterrados para sempre. Durante uma ronda noturna pelas rampas do populoso bloco B, um segurança fora atacado por um gato preto de seis patas; assustado, o guarda atirou três vezes no animal, que transformou-se em uma bola de fogo e desapareceu rapidamente, empestando o ar com um forte cheiro de enxofre. Na quadra de esportes, à meia-noite, mais de uma criança retardatária avistara, surgindo do nada, uma moça lindíssima, de olhos azuis, vestida de branco, que gargalhava ensandecidamente. E o próprio pessoal da imobiliária que intermediava o aluguel da maioria dos apartamentos foi obrigado, certa vez, a levar uma benzedeira ao apartamento 235-E, antes de entregá-lo a um novo inquilino, para dar fim a ruídos inexplicáveis de portas rangendo, soalho estalando e correntes se arrastando que tinham afugentado todos os inquilinos precedentes.

Em alguns dias de orações, penitências e benzeduras, padre José conseguiu despachar para longe dos mortais a população sobrenatural do edifício, devolvendo o alojamento na cobertura ao encarregado, e restituindo aos condôminos, acompanhada de uma espécie de certificado verbal de garantia válido por dez anos, a normalidade dos problemas terrenos, que já não eram poucos.

Entre as aparições antropomórficas do Copan, o encarregado Agenor tinha sido uma das poucas almas penadas de identidade reconhecida. Dos outros espectros, que antes de desencarnar tiveram vida reclusa e pouco popular entre os membros da comunidade, ignorava-se o nome de batismo.

O encarregado Agenor tinha cinquenta e cinco anos de idade quando morreu e quase o dobro nas feições demolidas pelos trinta e cinco anos de trabalho duro na área condominial. Se de um lado era ligeiro e competente, do outro faltava-lhe a propriedade dos botes certeiros que fazem as carreiras de avanço rápido. Não que desconhecesse o recurso do ataque, que lhe viera misturado ao sangue desde seu ingresso nesta vida, num parto difícil e demorado. Tinha, sim, o dom do ataque enérgico e perseverante, só que virtuoso e subalterno. Seu trabalho era impecável e incessante, aquele que chama a atenção dos chefes bem-intencionados e lhes sugere a recompensa de uma promoção, na eventualidade de surgir uma vaga. Por isso a ascensão de faxineiro a encarregado, passando pela função de porteiro, cujo salário estava num nível intermediário, foi para Agenor mais vagarosa do que teria sido a um arrivista impaciente.

Já era um especialista em faxinas quando candidatou-se a uma vaga de faxineiro no Edifício Copan, escorado por um currículo irrepreensível que se abrilhantara no decorrer de quinze anos de experiência. Sua limpeza era imaculada. Sua impressionante capacidade de economizar material só se igualava à de economizar tempo. Ao contrário dos colegas de faxina do novo edifício, conseguia dispor, todas as tardes, de pelo menos um par de horas livres, que preferia empregar fazendo favores aos porteiros. Um deles era distribuir a correspondência, que enfiava pelos vãos das portas dos apartamentos. Outro favor era vigiar a portaria, enquanto o porteiro dava uma saidinha para pagar uma prestação, levar um aparelho qualquer para consertar, marcar uma consulta médica para a patroa, pesquisar preços de eletrodomésticos e até tomar uma cervejinha no botequim. Agenor não esperava retribuição. Queria somente ganhar experiência e reconhecimento.

Foi promovido dez anos depois, preenchendo a vaga que surgiu quando um dos porteiros se aposentou.

Durante os nove anos em que exerceu a função de porteiro, Agenor nunca abandonou a portaria para resolver problemas particulares porque não os sobrepunha às obrigações da profissão. Mas fazia horas extras não remuneradas para ajudar o encarregado, que não conseguia dar conta de todas as tarefas. Acabou aprendendo de tudo um pouco. Realizava pequenos reparos de emergência em torneiras e válvulas sanitárias, desentupia ralos de piso e pias, trocava fusíveis e bujões de gás, instalava tomadas e interruptores, consertava ferros elétricos, relógios de cuco e bonecas falantes. Recusava veementemente todas as caixinhas que as donas de casa lhe ofereciam, dizendo com modéstia:

— Eu só quero aprender, dona.

A promoção de Agenor chegou pelas mãos da morte, que veio na forma de um pungente crime passional, vitimando o encarregado em exercício com trinta e nove facadas, abrindo uma cova e uma vaga. Agenor estabeleceu-se no pequeno apartamento que abrigara o morto, na cobertura do edifício, e, para comemorar a promoção, entregou-se a uma faina ininterrupta.

Por esses dias, o zelador começou a construir uma casinha na praia. Amarrou às costas do encarregado a parte mais pesada do seu fardo condominial, que foi acolhida com dedicação e eficiência, e passou a cultivar o relaxante hábito de abandonar a cidade em direção à Baixada Santista durante todos os feriados, inclusive os facultativos. Agenor, um subordinado perfeito, uma espécie de assistente de zelador que, ganhando muito menos que o chefe, trabalha bem mais e melhor, esfalfava-se por reconhecimento e experiência para que, na praia sob sóis vespertinos, o zelador, fritando-se num tempero de sal e óleo de coco, zelasse pelo filho que corria na areia, pela seminudez das filhas adolescentes, pela esposa gorda de maiô inteiriço e pela casinha construída com sacrifício.

Em poucos meses a condução do prédio tinha passado das mãos zelosas às mãos encarregadas. Cada dia era uma viagem atribulada em um trem superlotado que Agenor se encarregava de garantir minimizando os efeitos de dois tipos de atritos: o da composição sobre os trilhos e o dos passageiros entre si. Os estorvos técnicos eram debelados com eficácia, bastando ao encarregado recorrer à infalível ajuda de triviais, obedientes e inanimadas ferramentas. Já para as desavenças entre vizinhos — os piores problemas que o encarregado tinha de enfrentar — não havia solução, embora todos os envolvidos sempre estivessem cobertos de razão.

Se durante o feriado um morador dispunha de tempo para empreender uma ruidosa reforma em seu apartamento, era nesse feriado que os vizinhos decidiam ficar em casa descansando. Picareta, martelo e furadeira elétrica de um entravam em ação para infernizar o ouvido dos outros, e exigia-se a intervenção do encarregado, que se limitava à impotente formalidade de pedir ao carrasco a redução do barulho e às vítimas um pouco de paciência. Impossíveis isto e aquilo, agressor e lesados, em oportuna cumplicidade, voltavam-se contra o encarregado, atirando-lhe na cara inerte rajadas de desaforos. Agenor, equipado com resignação cristã e nervos de sonâmbulo, tolerava as mais injustas grosserias, que trovejavam sobre seus tímpanos como se ele, encarregado de remediar os transtornos, fosse na verdade o seu causador.

Menos suportáveis do que os desaforos eram as afrontas ao seu profissionalismo. Elas eclodiam quando os moradores em conflito, desconfiados da psicologia passiva do encarregado, resolviam recorrer à polícia. A presença de homens armados nos seus domínios oprimia e humilhava profundamente o encarregado. Seu consolo era constatar que nem a polícia conseguia resfriar aquele fervilhante caldeirão de picuinhas. Foi assim durante um feriado de carnaval, quando um senhor do 553-F foi agredido pelo vizinho por ter entupido o corredor com uma densa nuvem de poeira marrom que invadira todos os apartamentos do andar, e que fora produzida durante o polimento de uma porta de madeira com uma lixa elétrica, nas dependências do corredor, por falta de espaço conveniente. Também foram impotentes os cassetetes dos policiais na presença da moradora solitária do 315-E que, numa noite de verão, cansada de reclamar, sem resultado, das vizinhas que estendiam roupas num varal improvisado na marquise de modo a tapar-lhe a vista esplendorosa da cidade, ateou fogo à cortina de vestimentas puídas. Um acerto de contas na delegacia não pôde abater a febre do rebento da inquilina do 1113-B, doente desde que seu gato fora envenenado pela moradora do andar de baixo, por vingança, pois o animal tinha penetrado no apartamento desta e arrancado a cabeça do seu canário engaiolado.

O volume de desentendimentos era menor nos blocos de população mais refinada, mas ainda assim surpreendia Agenor pela violência, que não rimava, no entender do encarregado, com o suposto requinte dos moradores. As queixas denunciavam bebedeiras com espancamentos e inusitadas práticas amorosas.

Não demorou muito para que Agenor, o grande malabarista de rusgas daquele imenso circo urbano, detectasse um cansaço inédito a sinalizar-lhe as restrições da idade.

Seu casamento com uma auxiliar de enfermagem trinta anos mais jovem restituiu-lhe, por certo tempo, um pouco do antigo vigor. Darcilene e ele encontraram-se pela primeira vez na quitinete que ela dividia com três nordestinas. Elas costumavam ouvir música em altíssimo volume e conversar sobre rapazes à janela até tarde da noite, deixando insone e choroso o bebê do casal vizinho. Convocado a exigir-lhes o silêncio que entristece a juventude, Agenor se encantou com aquele pequeno corpo mulato que se inquietava dentro de uma camiseta tamanho grande. Casaram-se daí a dois meses, sem convidados nem cerimônia. O presente de núpcias do marido à jovem foi um moderno aparelho de som com fones de ouvido que lhe sugou todas as economias.

Mas nem a alma enfermeira nem o corpo profilático da mulata contiveram o declínio da saúde de Agenor. Alguma química alopática foi obtida para complementar o tratamento. Do posto de saúde onde trabalhava, Darcilene furtava antidistônicos, vitaminas e ampolas de glicose com que medicava o marido. Trazia também grandes suprimentos de preservativos para não engravidar, adiando, a pedido de Agenor, a realização do seu maior projeto para quando a situação financeira do casal melhorasse.

Um ano depois do casamento, Agenor descobriu que atritos não eram monopólio de vizinhos intolerantes ou complicados. Para sua decepção, um conflito alojou-se dentro do seu próprio lar quando Darcilene decidiu ter um filho, custasse o que custasse. A esposa tinha lá seus motivos de moça que não consegue avaliar o despropósito dos seus desejos, esses guerreiros da natureza, em luta irracional pela fertilidade de um corpo cuja saúde é uma luxuriante celebração à vida. Mas produzir descendentes pobres seria infligir à prole um castigo injusto.

— O problema é que você é um banana! — disse Darcilene certa noite, depois de ter atirado no lixo todos os preservativos intactos, em protesto contra a sua esterilidade forçada. — É pobre porque quer. Faz o trabalho do empregado e do chefe, recebendo o salário do empregado. Com a sua idade já devia ser síndico!

— Posso não ter conseguido tudo na vida, mas sempre fui honrado — justificou-se Agenor, surpreso com os recentes arroubos de ódio da mulata, que o deixavam murcho como uma planta sob o sol quente.

— Que honradez é essa que sacrifica a sua família? — ela perguntou, evocando os filhos que ainda moravam no futuro. — O zelador, por exemplo, é desonesto, mas tem uma família feliz que passa todos os feriados, inclusive os facultativos, na praia.

— Mas o que você quer que eu faça, Dadá? — perguntou Agenor, começando a perder a paciência.

— Puxe o tapete desse zelador filho da puta! — ela ordenou. — Está mais do que na hora de você ter uma conversa com o síndico, pondo todos os pingos nos is.

— Fazer intriga, eu? — disse Agenor, retesando os vincos da cara. — O meu serviço é tentar resolver intrigas, e não criá-las. Nunca precisei dar rasteira em ninguém para chegar onde estou.

— Só que não vai sobrar ninguém para contar essa história comovente — lamentou Dadá, embrulhando-se na coberta e encolhendo-se na forma de um pequeno bombom.

O encarregado gelou. Poderia perdê-la para algum molecão irresponsável feito ela, disposto a ter os filhos que ela queria. A glacial premonição foi dissipada pelo calor da boca sôfrega de Dadá a lhe chupar o sexo, transportando-o para um sonho, de onde só retornou depois de ter implantado, no útero da mulher, a sua relutante descendência.

A gravidez de Dadá robusteceu a mãe e definhou o pai. Angústia e trabalho duro fundiram-se numa enxaqueca que prostrou Agenor à cama por todo um fim de semana, obrigando o zelador contrariado a voltar às pressas do litoral. Do posto de saúde, Dadá trouxe um documento médico falso que atestava uma ameaça de infarto e receitava ao encarregado o repouso de duas semanas seguidas. Além do falso documento, a moça apresentou a Agenor um plano que lhe renderia uma rápida promoção a zelador, sem rasteiras nem delações. Conforme o projeto da auxiliar de enfermagem (ao qual Agenor resistiu, impoluto, durante uma comprida disputa de argumentos, até sucumbir), a incompetência do zelador ficaria exposta quando ele fosse obrigado a reassumir suas funções durante a licença médica do encarregado. O plano era ao mesmo tempo inocente e implacável, o primeiro filho híbrido do casal.

Trancado em seu apartamento, Agenor tentou, sem êxito, retirar prazer da primeira folga que se deu desde criança, quando precisou abandonar a escola para contribuir com o sustento da família numerosa. Ossos, carne, nervos, músculos e olhos, habituados a um trabalho de relógio, ressentiam-se do ócio imposto pela falsa doença, agitando-se fora de ritmo enquanto o encarregado, cheio de remorso, vasculhava o cubículo à cata de um fio elétrico para isolar, uma válvula queimada para trocar ou um pé de cadeira bamba para nivelar. Para atender à premência do vício que o sentimento de culpa acentuava, remendou lençóis furados, tingiu roupas desbotadas, raspou respingos de tinta das vidraças e, quando não encontrou mais nada em que pudesse perpetrar consertos ou retoques, preparou refeições, lavou roupas e fez faxinas. Sem paciência para a leitura e a televisão, enlouquecia de ansiedade até que sua mulherzinha retornasse do posto de saúde para mitigar-lhe o enfado, trazendo-lhe notícias sobre o desempenho do zelador. Dadá afagava o ventre ainda plano, contando um queixume que ouvira no elevador, reproduzindo um desabafo que escapara a um funcionário do condomínio ou descrevendo um equipamento avariado, consequências inegáveis da má administração do inimigo. Em duas ou três ocasiões, a esposa trouxe ao quarto do casal alguns moradores preocupados com a saúde do encarregado que procurava, no tom e nas entrelinhas da conversa, sinais de insatisfação com o zelador e sua iminente derrocada.

As noites do enfermo fictício eram ainda mais infernais do que os dias. Insone e angustiado, traído pelos antidistônicos que, em vez de apaziguá-lo, aumentavam-lhe a inquietude, o encarregado zanzava na escuridão do apartamento a noite inteira, tropeçando e tossindo de propósito, na esperança de que o barulho arrebatasse a companheira das asas do sono para aplacar-lhe o desamparo. Durante a noite, ambicionava a chegada do dia, que lhe anunciava a aproximação do fim da licença; durante o dia, desejava a chegada da noite, que lhe riscava vinte e quatro horas do fastidioso calendário.

Foi na décima terceira noite de licença que a notícia da demissão do zelador rebentou porta adentro junto com a alvoroçada Darcilene. Entre rápidas lambidas em um xarope contra enjoo de gestante, arrebatado do posto de saúde, Dadá torpedeou as paredes do cubículo e os ouvidos maravilhados do consorte com as últimas notícias do condom nio. A renúncia do zelador precipitara-se durante uma manifestação de uma comissão de moradores na sede da administração, exigindo um posicionamento do síndico com relação à negligência com que os problemas do prédio estavam sendo conduzidos, e que não correspondia ao procedimento que as elevadas taxas pagas pelos condôminos requeriam. Uma lista de avarias e de outras questões foi entregue ao síndico que, na presença da comissão de moradores, cobrou do zelador a sua apuração. Que providências tinham sido tomadas com relação aos moleques que depredaram os extintores de incêndio instalados nos corredores dos quatro andares superiores do bloco E, de onde os equipamentos foram atirados ao andar térreo, transformando-se, pelo impacto, em sucatas achatadas como tampas de panela de pressão? O que fora feito a respeito da destruição das mangueiras de água de alguns corredores do bloco F, que haviam sido retiradas do seu suporte e tiveram os bocais obstruídos de modo que, conectadas à torneira aberta, formassem balões de água que explodiram, causando inimagináveis transtornos aos moradores? Como seria resolvida a questão do furto dos espelhos que adornavam os elevadores dos blocos B, E e F, e que tinham custado aos condôminos uma taxa extra, cobrada no dispendioso mês das boas-festas? A quantas andava a reforma das lixeiras, cujas portas estavam lacradas havia meses, ocasionando nos corredores o acúmulo de lixo para o festim de baratas e moscas-varejeiras? Quais as notícias sobre o extermínio dos morcegos que proliferavam dentro da casa das máquinas, ameaçando invadir lares e vitimar crianças indefesas? Quando seriam expulsos os travestis que, carregando para seus apartamentos inumeráveis fregueses das mais suspeitas procedências, utilizavam-se dos mesmos elevadores que as crianças do prédio?

Darcilene testemunhara a rebelião por puro acaso. Ao chegar do trabalho, naquela noite, recebera do porteiro um bilhete escrito pelas mãos do próprio síndico, solicitando o seu comparecimento à sede da administração para combinar uma visita ao encarregado enfermo, a quem o síndico gostaria de desejar, em pessoa, pronto restabelecimento. Darcilene tivera que esperar um pouco para ser atendida porque o síndico ouvia os revoltosos. Demitido o zelador e arrefecido o levante, ficara acertado que o síndico visitaria o encarregado naquela noite às nove em ponto.

— Continue se fazendo de doente — disse a mulata ao marido. — Mas sem exagero. Tem que parecer saudável o bastante para poder assumir a função de zelador do Edifício Copan!

Agenor abraçou a esposa. Uma certa dignidade suavizou-lhe temporariamente os sulcos da pele.

— Acho que chegou a minha vez, Dadá. Eu mereço, não mereço?

— Você já é o zelador deste prédio há muito tempo — confirmou ela, nutrindo a cara ressequida do marido com o húmus dos seus beijos. — Só falta o aumento de salário.

— E o reconhecimento! — lembrou o marido, esticando-se na cama e encenando o prólogo do seu teatro.

O síndico, quarentão alto, calvo, de modos briosos, entrou no quarto de Agenor segurando uma pequena cesta de peras argentinas e bananas-maçãs. Habitava um apartamento vasto e elegante de sua propriedade no bloco A e raramente se expunha à plebe do edifício, que o elegera no início daquele ano para substituir um administrador que renunciara devido a complicações com as bombas d'água. O cavalheiro limitava-se a administrar entradas e saídas de verbas, auxiliado por duas secretárias e um office-boy, e das águas tumultuadas que se batiam contra as barragens do zelador e do encarregado só sentia os respingos. Os acontecimentos daquela noite tinham-lhe afundado os serenos olhos pretos em que persistia um brilho assustado.

O encarregado ergueu as costas para apoiá-las no travesseiro e receber o superior em atitude respeitosa e servil, mas, calculando que o poder da doença devesse ser maior do que a autoridade do síndico, reconduziu o corpo descarnado à horizontalidade do colchão. Entortou a boca e os vincos da cara seca para demonstrar sofrimento e pediu desculpas ao visitante por não poder recebê-lo em melhores condições.

— Fique quieto, Agenor — disse a jovem esposa. E, voltando-se altiva para o síndico, justificou a ordem.

— O médico disse que ele tem que ficar descansando, sem conversar.

Agenor permitiu que o ar lhe penetrasse os pulmões por meio de um suspiro e, baixando as pálpebras, refugiou-se com sua melancolia debaixo da coberta surrada.

— Tão moço e já sofrendo do coração... — refletiu em voz alta o cavalheiresco administrador.

— Mas não é grave! Com repouso passa! — apressou-se a mocinha a esclarecer.

Darcilene livrou o síndico da cesta de frutas, com a qual enfeitou a cristaleira, e ofereceu-lhe uma cadeira perto da cama onde jazia o pretenso cardíaco. O cavalheiro pediu licença e sentou-se.

— Não pensem que eu desconheça o esforço de Agenor na manutenção do condomínio — disse ele, estendendo as mãos delgadas sobre os joelhos. — Embora trabalhe na administração há pouco tempo, tenho todas as informações sobre o desempenho dos funcionários que colaboram conosco.

Darcilene sentou-se na cama, tomando as mãos do encarregado entre as suas. Marido e mulher não piscavam nem respiravam para que o ar que lhes transmitia as palavras do síndico não se agitasse.

— Você é o empregado mais antigo do condomínio, Agenor, e não exagero ao dizer que é também o mais capaz. Durante todos estes anos, tem enfrentado as nossas questões como um mártir. Você merece uma prova do nosso reconhecimento, juntamente com as nossas desculpas pelo atraso desta homenagem, que deveria ter sido feita quando você ainda gozava de plena saúde.

— Ele já está curado! — informou Darcilene, trocando com o marido o olhar terno e cúmplice dos casamentos.

O encarregado apertou as mãos da mulher, a fada negra, a deusa africana, o anjo mulato que viera salvaguardá-lo da escravidão. Olhou para os lábios do administrador e os anteviu anunciando a sua promoção a zelador.

— De hoje em diante, você não vai mais precisar trabalhar, Agenor — disse bondosamente o síndico. — Nós decidimos lhe dar a aposentadoria!

Um maremoto de lágrimas revolveu as feições ressequidas do encarregado. O síndico, encabulado, interpretou-o como uma descontrolada manifestação de gratidão e, lacrimejando também, despediu-se discretamente e foi embora.

Agenor foi encontrado morto na noite seguinte pela esposa. Estava deitado, de pijama, na mesma posição em que a mulata o deixara ao sair para o trabalho. O médico atribuiu a morte a uma parada cardíaca.

Depois de enterrado, Agenor foi visto algumas vezes a flutuar pelo edifício, em estado gasoso, muito pálido, munido de uma chave de fenda e um martelo. Em seu apartamento, rapidamente abandonado pela viúva grávida, podiam-se ouvir passos, tosses e tropeções a molestar as madrugadas. Uma senhora de idade garante tê-lo visto trocando um fusível durante um apagão numa noite de tempestade. A mais de um morador recente, que lhe ignorava a história, o espírito ofereceu-se para realizar um conserto, desaparecendo misteriosamente mediante a oferta de uma caixinha.

A alma do encarregado Agenor continuava na terra, irrequieta e determinada, numa labuta constante, à espera de uma vaga no Céu.

A mulher de branco

Maria dos Remédios D'Assunção conversou pela primeira vez com Jesus Cristo aos oito anos de idade, em uma procissão na sua cidade natal no interior do estado de São Paulo. Viera ao mundo para substituir o filho padre que a mãe nunca conseguiu gerar, depois de cinco tentativas que produziram Maria das Graças, Maria da Luz, Maria do Rosário, Maria das Dores e Maria do Socorro.

Para consolo da mãe, Maria dos Remédios manifestou bem cedo a vocação para ser freira. Foi quando saiu na procissão de Corpus Christi vestida de anjinho, ao lado do andor com a imagem de Jesus Cristo seminu crucificado. Enquanto deslizava sobre o tapete de tampinhas de garrafa, serragem colorida e pétalas de flores que formavam desenhos no chão, Maria dos Remédios ia achando que o caminho do Céu devia ser lindo assim. Ainda era muito pequena para pensar no rastro de destruição que a procissão deixava. Como fosse guiada pelo anjo da guarda, Maria podia andar sem precisar olhar para a frente, aproveitando para pregar os olhinhos fervorosos no crucifixo de Jesus que se sacrificara para salvá-la do inferno.

— Pare de olhar tanto para um homem quase pelado — ralhou Jesus dentro dela. — Ainda mais pregado numa cruz!

Maria dos Remédios baixou os olhos para o livrinho de cânticos e descobriu que amava Jesus mais do que à sua própria família.

Todos os domingos Maria acompanhava a mãe à missa, onde ficava morrendo de vontade de usar véu e de comungar. Para isso precisava antes fazer a primeira comunhão, o que aconteceria quando terminasse o curso de catecismo. Era a melhor aluna do curso, embora sentasse no fundo da classe para poder admirar à vontade as ilustrações coloridas de anjos e carneirinhos do livro de capa azul-celeste. As professoras contavam milagres, liam trechos da Bíblia, faziam as crianças decorar os hinos e os mandamentos e, no fim, se sobrasse tempo, relatavam casos horripilantes de assombração que tiravam o sono de Maria dos Remédios. Quando ia dormir, a pobrezinha encolhia-se toda debaixo do cobertor, com medo de arder no fogo do inferno, com medo de abrir os olhos e enxergar o Capeta na sua frente, com medo das sombras, dos ruídos e do silêncio que fazem a noite. Ficava ensopada de suor, às vezes de urina, por ter medo de levantar e andar até o banheiro. Começava um choro fininho, como se o barulho pudesse espantar os fantasmas, depois criava coragem e explodia em soluços até que a luz do quarto acendia e seu pai vinha calar-lhe a boca com uns tapas. Sozinha de novo no quarto escuro, finalmente sentia no peito a chegada de Jesus.

— Não precisa mais ter medo — dizia a voz dele no coração dela. — Abrace-me.

Maria abraçava o travesseiro e dormia nos braços crucificados de Jesus Cristo.

Dois anos mais tarde Maria empenhou-se em colecionar santinhos de papel. Mas como era a única que se dedicava ao hobby, não tinha com quem trocar os repetidos. Comprava-os do sacristão, rapazola ossudo de espinhas na cara e olhar de vira-lata enxotado.

— Posso trocar com você os repetidos que estiverem bem novinhos — propôs o sacristão — se você me deixar passar a mão nas suas pernas.

Maria ficou um pouco assustada, mas o que é que tinha o sacristão passar a mão nas pernas dela? Mão de sacristão era santa e além disso se fosse pecado ele poderia confessar. Muitos santinhos foram então trocados debaixo daquele olhar lânguido de cachorro suplicante, entre afagos nos joelhinhos desengonçados.

A coleção ficou tão rica que tornou-se o número principal exibido às visitas. Com que orgulho Maria trazia para a sala a caixa de sapato repleta de santinhos de tudo quanto era cor e estilo! Com que paciência as visitas contemplavam um a um!

— Que menina de ouro! — elogiava uma comadre.

— Quem me dera a minha filha fosse assim! — suspirava outra.

— Há de ser freira, se Deus quiser! — sonhava a mãe.

Um dia Maria resolveu dar por completa a sua coleção. Só faltava um santinho importado que trazia o Arcanjo Gabriel com o halo em purpurina dourada. Mas era muito caro.

— Troco por quinze "São Sebastião" novinhos em folha — propôs a colecionadora ao fornecedor.

— "São Sebastião" é o que eu mais tenho — respondeu o sacristão.

— Então eu troco cinco "Jesus na Manjedoura" com moldura prateada, mais a "Nossa Senhora de Lourdes" que você me deu quando eu lhe dei os dez "São Benedito".

— Feito — brilharam os grandes olhos vagabundos. — Contanto que você me deixe pôr a mão dentro da sua calcinha.

Maria tremeu. Sacristão era santo e trocar santinho era coisa de Deus. Mas por que ela estava com tanto medo? E por que tinha tanta vergonha? Deixava ou não deixava?

— Não deixe — ordenou Jesus Cristo dentro dela. — É pecado.

— Não deixo, não — repetiu a menina. — É pecado.

Os olhos do vira-lata espirraram fogo. O cão raivoso saltou sobre ela, tapando-lhe a boca. Arrastou-a para trás de uma coluna, explorou o conteúdo de sua calcinha com os dedos ossudos, esmagou-a com seu corpo duro, soltou um ganido e em seguida libertou-a.

— Se você contar para alguém eu te mato! — rosnou o vira-lata.

Maria correu para casa, os olhos eram duas bolhas de lágrimas querendo estourar. Fechou-se em seu quarto, colocou no chão a caixa de santinhos e escutou a voz de Jesus.

— Queime-os. São coisa do diabo.

Maria correu até a cozinha e pegou a caixa de fósforos.

— O que você vai fazer com isso? — perguntou a mãe, que fritava bolinhos de arroz.

— Boizinho de chuchu — respondeu a menina sem fôlego.

Minutos mais tarde, a mãe sentiu cheiro de queimado. Farejou os bolinhos. Devia ser aquele óleo velho, reutilizado nas duas últimas frituras. No quarto de Maria, um pequeno incêndio sacrificava os santinhos em uma pira de caixa de sapato. Ao lado, de joelhos, Maria chorava abraçada a um crucifixo.

Aos doze anos Maria passou a usar uma faixa de pano para achatar os seios em erupção. Que coisa nojenta aquelas laranjinhas moles, se ela pudesse seria lisa como uma tábua. Para que ter seios se a esposa de Cristo nunca teria filhos para amamentar? Também achava inúteis os pelos pubianos.

— Inúteis e muito feios — opinou Jesus na hora de dormir. — Se você reparar, eu não os tenho.

Maria examinou o paninho que escondia o sexo de Jesus crucificado e não detectou nenhum pelo escapando.

— E para que você tem sexo se nunca vai ter filhos? — perguntou Maria, que conversava com Cristo sempre com a maior franqueza.

— É só para fazer xixi.

Os dois riram. Maria beijou muitas vezes o corpo de Jesus e dormiu.

No dia seguinte, a cama, a camisola e a calcinha de Maria estavam manchadas de sangue. Ela não se assustou porque a mãe já tinha lhe contado sobre aquele fenômeno feminino. Até ficar velha, Maria sangraria durante quatro dias todos os meses para pagar o pecado original. Passou a sentir-se incomodada com a cor vermelha, evitando todas as roupas nessa tonalidade. Com o tempo percebeu que se sentia muito irritada quando vestia roupas coloridas, mas se acalmava ao usar roupas brancas. Descoloriu todas as suas roupas com água de lavadeira e depois tingiu-as de branco.

— Essa mania de roupa branca não é coisa de gente sã — ponderou o pai à mãe, antes de dormirem. — A cabeça da menina está cheia de maluquice e a culpa é da carolice da mãe.

— Pois é uma mania muito bonita — defendeu-se a mãe. — Pior é você com a sua mania de fumar.

O pai acendeu um cigarro.

— Ainda bem que vai ser freira. Senão, ia ficar para titia — vaticinou ele.

— Já é uma santinha agora, imagine quando for freira! Já pensou a gente ter uma santa na família? — devaneou a mãe.

— Santa Maria já existe. Só se ela mudar de nome — ironizou o pai, dando três tragadas em seguida.

Maria não teve paciência de esperar ser freira para poder vestir um hábito. Confeccionou ela mesma três hábitos brancos de javanesa que usava durante o dia, fizesse frio ou calor, chovesse ou não. Nos pés, bastava-lhe um par de sandálias franciscanas. Para dormir, costurou três mortalhas brancas de algodão. E de mais não carecia para esconder o vexame do corpo. Passou a rezar novenas no coreto da pracinha bem na hora da missa, provocando ciúmes no padre que perdia fiéis e vergonha na família diante dos pretendentes à mão das filhas mais velhas. Enfim, quando tomou providências para ordenar-se, Maria foi rejeitada pelas freiras, que a consideravam maluca.

— Deus escreve certo por linhas tortas — consolou-a Jesus. — Você iria viver nervosa dentro daquele hábito preto.

A mãe morreu de câncer, segundo o médico; de desgosto, segundo as comadres. O pai não aguentou a solidão e morreu do coração seis meses depois. As irmãs mais velhas foram casando tão depressa quanto podiam e, antes que Maria espantasse os namorados das irmãs solteiras, trataram de pensar onde esconder o equívoco da família.

— As pessoas nesta cidade implicam comigo — queixou-se Maria a Jesus. — Não querem que eu siga a minha vocação.

— Você tem uma missão em São Paulo — Jesus anunciou. — Precisa mudar-se para lá e promover o encontro daquelas almas angustiadas com o Pai.

Alguns meses depois, Maria dos Remédios D'Assunção estava instalada em uma quitinete do Edifício Copan, no centro da cidade de São Paulo, sem telefone, mas com todas as contas pagas com rigor religioso pela caridade e pela prudência das irmãs do interior.

Os primeiros dias na nova cidade foram dedicados à decoração do cantinho que era só dela e de Cristo. Seria como morar numa nuvem no Céu. No cenário de paredes, portas, rodapés, móveis, cortinas e carpetes imaculadamente brancos salpintavam imagens, quadros, gravuras, buttons e adesivos de santos e do papa em todas as cores do arco-íris. Sobre as mesas, cestinhas forradas de cetim e renda brancos aninhavam medalhinhas bentas de Nossa Senhora das Graças e pequenos terços de contas alvas como os dentes de leite do Jesus Menino. O espaço econômico das prateleiras da estante era disputado por uma população heterogênea de santos de gesso, de plástico, de vidro, de madeira e de argila que mal se equilibravam entre bíblias e revistas de vestidos de noiva. À entrada da sala, uma imagem da Virgem em sua pequena gruta com água benta era velada por dengosa lamparina de azeite. Posters de cristos belíssimos de feições nórdicas enobreciam cada uma das paredes do pequeno céu; no quarto, no meio da cama de casal, protegido até o pescoço por um lençol branco de cetim, descansava o Redentor atrelado ao doloroso crucifixo.

Maria tratou de renovar seu figurino conforme o novo cenário. Submeteu os três hábitos brancos ao poder milagroso de sua máquina de costura, obtendo três roupas de santa iguaizinhas à de Nossa Senhora. Delicadas sapatilhas de balé, brancas como balinhas de coco, complementaram docemente a indumentária. Os olhos foram contornados com maquiagem azul comprada na perfumaria do Mappin, que também forneceu à esposa de Cristo um perfume que ela nunca deixou de usar. Maria se enfeitava para Jesus, que deve ser amado infinitamente por aqueles que seguem a Sua palavra.

Não perdeu tempo para iniciar suas cruzadas contra os gentios do centro da cidade fundada pelos jesuítas. Sua espada era uma imagem da Virgem Maria; sua lança, um megafone branco comprado na Rua Santa Ifigênia; seu estandarte, as próprias vestes brancas ondulando ao vento; sua munição, a cestinha de terços e medalhinhas. Fazia peregrinações sistemáticas, percorrendo roteiros em forma de cruz e rezando ao megafone fanhoso. Cantava hinos religiosos, bradava salve-rainhas, credos e atos de contrição, que eram as orações mais compridas de que podia se lembrar, e distribuía as medalhinhas e os terços a quem parasse para lhe dar alguma atenção. O seu público era na maior parte formado por velhas desdentadas e adolescentes debochados, mas às vezes ela pescava algum senhor de ar respeitoso, terno e gravata. Aconselhava-os a rezar e a ir à missa. Uma ou outra vez era interceptada por alguma velha chorosa que a chamava de santa e, ensopando-lhe a mão de beijos e lágrimas, pedia que orasse por ela, pelo filho na cadeia, pela nora doente e pelos netinhos famintos. Maria recomendava-lhe que aproveitasse o sofrimento para fazer penitência, que aproveitasse a carestia para jejuar e, se soubesse ler, que lesse a Bíblia.

Aos mendigos bêbados que lhe pediam esmola, distribuía pequenos sermões. Aconselhava-lhes a substituição da cachaça pelo cafezinho, pois era este, e não aquela, a bebida brasileira por excelência. No caso deles, particularmente, o cafezinho era não só a bebida como também a comida. E se o café sustentava a matéria, o que sustentava o espírito era a oração. Maria ajoelhava-se à frente deles e rezava o padre-nosso, enquanto os mendigos, entorpecidos, tentavam fixar no vulto branco as íris desordenadas pelo álcool.

Ao fim de alguns meses, Maria tornara-se uma figura definitiva em meio às instáveis e irrequietas populações do centro da cidade. Um senhor de terno e pastinha que atravessava a Praça D. José Gaspar veio agradecer-lhe o terço benzido que recebera semanas antes, sem dúvida o responsável pelo progresso que sua vida experimentava desde então. Sacudindo a mão da beata, garroteada pelos seus dedos fortes, informou-lhe entre jorros de perdigotos que o faturamento da sua firma aumentara, que sua gastrite sarara e uma multa de trânsito lhe fora cancelada como por milagre. Em sinal de agradecimento, o cavalheiro acenderia uma vela para sua benfeitora todas as noites.

Mal ela despontava na Praça da Sé, os velhinhos que carregavam placas com propagandas de fotos três por quatro e compra de ouro pediam-lhe que cantasse um hino bem alegre. Maria empunhava o megafone e cantava:

> *Louvando a Maria o povo fiel*
> *a voz repetia de São Gabriel*
> *Ave, Ave, Ave Maria!*

E, num coro de risadas, os velhinhos acrescentavam:

> *Ave, Ave, Avestruz!*

A beata, compadecida daquelas carcaças oxidadas e expostas à intempérie e à poluição para complementar o salário da aposentadoria, perdoava-lhes os gracejos sacrílegos, recomendando-lhes que procurassem um padre e confessassem.

Como é normal neste mundo, não deixaram de aparecer também as almas cheias de má vontade que começaram a implicar com a vocação de Maria. Gerentes de lojas de discos expulsavam-na das imediações porque seus cânticos ao megafone atravessavam o ritmo dos sambões e dos forrós que os vendedores submetiam à apreciação dos fregueses. Durante uma singular batida pelo controle da poluição sonora, funcionários da prefeitura prometeram apreender-lhe o megafone, caso ela insistisse em continuar produzindo excessos de decibéis fanhosos. E uma tarde, enquanto protestava contra o erotismo em frente a um cinema pornográfico da Avenida São João, Maria recebeu um balde d'água na cabeça, despejado por algum engraçadinho do andar de cima. Nesse instante, Deus disparou do Céu uma rajada de chuva e um bombardeio de trovões, e Maria voltou ensopada para casa, confiante pela manifestação divina de apoio à sua causa.

— Esta cidade é muito grande e perigosa. Tome cuidado porque você é sozinha — preocupou-se Jesus na hora de dormir.

Como sozinha? Deus não lhe mandara apoio com a tempestade? E ela não era esposa do próprio Cristo? — pensou Maria sem ousar questionar o marido.

— Um apóstolo do Senhor deve preservar-se para poder encaminhar muitas almas para o Céu — continuou o Redentor.

Pois ela achava que estava se saindo muito bem com a sua missão em São Paulo! Já era conhecida nas ruas, podia dizer que tinha devotos, como as velhas pobres e aquele senhor da Praça D. José Gaspar que acendia uma vela para ela todas as noites.

— Vaidade é arapuca do Tinhoso — corrigiu Jesus.
— Você trabalha para enaltecer a Deus Pai Todo-Poderoso, e não a si mesma.

Ciúmes? Será que Jesus andava com ciúmes da autoridade que Maria estava adquirindo com a sua missão? Não, Jesus não seria capaz dessa maldade. E quem era ela diante do filho de Deus? Ninguém. Envergonhou-se de pensar todas aquelas bobagens. Confessaria tudo a um padre no dia seguinte. Aproveitaria para conhecer a Catedral da Sé, situada no marco zero da cidade, portanto a morada mais importante de Deus na capital. Rezou em silêncio até dormir.

Às cinco e meia da manhã, Maria, cheia de excitação, foi à Catedral da Sé confessar e comungar. O que viu deixou-a horrorizada. O padre chegou à igreja usando jeans em vez de batina. A confissão foi comunitária, no estilo "cada um por si e Deus por todos". Durante o sermão, o padre incitou os trabalhadores a se reunirem para discutir seus salários e seus problemas de moradia. E na hora da comunhão o padre permitiu que um ajudante abrisse o sacrário e distribuísse as hóstias, que os comungantes levaram à boca com a própria mão! Talvez até mastigassem a hóstia, os hereges! Maria abandonou a nave, atordoada. Teve febre e passou o dia na cama, mas nem soube como contar a Jesus o que estava acontecendo na casa do seu Pai.

A experiência na catedral despertou em Maria a sensibilidade para detectar os falsos profetas do centro da cidade. A região onde trafegavam milhares de almas infelizes estava infestada de apóstolos do Anticristo. Os inimigos mais perigosos não eram os emperiquitados pais de santo nordestinos que liam o português não acadêmico dos búzios no Viaduto do Chá, nem as baianas de roupa branca que distribuíam axé em pipocas pela Conselheiro Crispiniano, tampouco os jovens alegres de vestes cor de açafrão e cabeça raspada bradando "Hare Krishna" aos indiferentes transeuntes da Barão de Itapetininga. Se os homens da TFP atraíam os populares com suas fanfarras e suas bandeiras vistosas, afugentavam-nos com suas carrancas austeras — por isso não constituíam perigo. E os divulgadores dos ensinamentos do Racional Superior, um ser de outro planeta que deverá curar todos os males da Terra com o poder do raciocínio, não eram religiosos, mas vendedores de um livrinho esotérico — muito longe de ser, portanto, os demolidores do Catolicismo.

Os verdadeiros inimigos do Cristo Ressuscitado e da Virgem Mãe estavam armados com barulhentos aparelhos de som instalados na Praça da Sé e vestiam ternos cinzentos. Berravam heresias contra a mãe do Senhor na frente da catedral, em ostensivo desrespeito à paz e ao silêncio que deveriam reinar na Casa de Deus. Os verdadeiros inimigos eram os crentes. Suas blasfêmias desafinadas pela má qualidade das caixas de som rastejavam com o ar sujo até ouvidos mal-educados e atraíam almas de má índole que formavam um círculo diabólico em volta dos oradores. De cima das escadas da catedral, Maria escutava, assombrada, o que dizia o pastor aos populares: Maria, a mãe de Jesus, não era virgem coisíssima nenhuma, e Cristo não era filho único, muito menos filho de Deus. Além disso, a cruz é um símbolo pagão porque Cristo morreu foi numa estaca vertical, com as mãos juntas na cabeça e os pés amarrados.

O constrangimento da beata aumentava com o fato de as pessoas pararem na praça para prestar atenção aos disparates do pastor, em vez de entrarem na catedral para rezar. Também, não era para menos. Maria nem precisava ouvir Jesus para saber por que Seu rebanho debandava da Igreja Católica. Apertou o megafone debaixo do braço e entrou na catedral.

A quantidade de fiéis não era suficiente para ocupar metade dos bancos. Ela se acomodou em silêncio no último assento e repousou o megafone no genuflexório. Ficou quieta durante a liturgia, até que o padre começou o sermão. Em vez de falar dos milagres descritos na Bíblia e dos mistérios da fé, o vigário só falava em pobre, em trabalhador, na questão do campo e em direitos humanos. Não parecia um religioso no púlpito e sim um político no palanque. Aquilo não era sermão que se apresentasse, mas sim discurso de candidato comunista! Maria avançou com passos largos e decididos em direção ao altar, gritando ao megafone:

— O sacerdote que faz política no púlpito em vez de mandar os fiéis lerem a Bíblia trabalha do lado do Cão!

Os fiéis farfalharam. O padre petrificou-se.

— Quem lê a Bíblia se comunica com Deus porque a Bíblia é a alma dos homens criados à sua semelhança!

A beata colocou-se na frente do altar para a perplexidade dos fiéis e dos clérigos.

— Os padres estão espantando os ricos da Igreja porque só falam de pobre nos sermões! É por isso que não entra mais dinheiro na Igreja! É por isso que a Igreja Católica está em decadência!

O padre pediu silêncio por favor, sem energia. Cabeças femininas com e sem véus pretos ou brancos giraram indecisas. Um burburinho ronronou dentro da nave. O padre pediu perdão a Deus por Maria e começou a zumbir uma oração.

— O padre não ensina mais o brasileiro a meditar, por isso os crentes estão tomando conta de São Paulo! — continuou enfurecida a mulher de branco.

Por respeito ao ambiente sagrado ou por medo daquela doida, os fiéis permaneceram em seus lugares, cochichando, até que alguém chamou dois homens da Polícia Militar. Eles entraram, muito pouco à vontade, ajoelharam-se desajeitados, persignaram-se e agarraram Maria pelos braços, conduzindo-a para fora. O megafone caiu no chão.

— Os padres estão querendo governar o Brasil e pôr o trabalhador no altar! — ricocheteou a voz da beata nas imagens complacentes.

O coroinha correu, catou o megafone do chão e devolveu-o à beata, que já estava à saída da igreja. Ela agarrou sua arma e, aproveitando-se da timidez dos policiais, berrou a mensagem final:

— A missa tem que ser rezada em latim!

Quando deixou a nave, sua voz ainda ecoava lá dentro, mixada ao zun-zun-zum dos fiéis.

Na escadaria, tremendo de excitação, Maria libertou-se dos policiais que lhe aconselharam voltar para casa. Ela desceu calmamente a praça até a Rua Direita e, quando sentiu que não estava mais sendo vigiada pelos policiais, entrou numa pastelaria e pediu um copo de água da torneira.

Na praça, formava-se um enxame de gente em torno dos crentes. Entre ruídos de ônibus e de carros, chegavam até Maria os ultrajes que os ímpios rugiam contra a Santíssima Trindade e a Virgem Mãe. Quando a missa acabou, a catedral derramou pela escadaria a pasta desandada dos católicos que se espalhou pela praça e desapareceu. Maria agarrou o megafone e dirigiu-se com determinação ao círculo do inferno.

O pastor, que conclamava os ouvintes a participarem de cultos milagrosos em certa igreja, assustou-se com o vulto branco investindo contra ele e apoderando-se do seu microfone.

— A rede de Lúcifer na Terra são os pastores, os crentes e os protestantes! — berrou a voz rouca do megafone amplificada pelo microfone usurpado.

O pastor tentou recuperar o microfone, primeiro com delicadeza, depois com violência. Maria agarrou o aparelho com toda a sua força.

— Os falsos profetas usam a Bíblia para ganhar dinheiro e atrair fiéis para os quintos dos infernos! —

ela conseguiu berrar antes que outro pastor viesse socorrer o irmão, recuperando o microfone.

Maria foi empurrada e caiu. O megafone rolou para longe.

— Sai, Diabo! Sai, Canhoto! — gritou o segundo pastor, aproveitando-se da cena para forjar um exorcismo enquanto apontava a Bíblia para Maria.

O outro pastor ajoelhou-se perto dela, imobilizando seus braços contra o chão. Ela se sacudiu e esperneou, chorando. O exorcista desafiou e insultou o Demônio, dando safanões no corpo possuído. Trêmula e impotente, Maria esforçou-se para gritar:

— Não deem atenção aos falsos profetas!

Mas foi derrotada pelas caixas de som inimigas, que emitiam as ordens do pastor a Lúcifer.

— Em nome de Deus, volta para as profundezas do inferno, Satanás! Deixa em paz o corpo dessa pecadora! — esbravejava o pastor com a Bíblia erguida.

A massa de curiosos fermentou. Algumas pessoas apavoradas persignaram-se. Os policiais que tinham tirado Maria da catedral reapareceram, furando o círculo diabólico e erguendo a beata do chão. Ela tremia. Levantou-se como se não tivesse ossos.

— O brasileiro está pobre porque Deus castiga quem vai ao culto do pastor — gemeu a possessa entre baba e lágrimas.

Os policiais levaram Maria para a delegacia, enquanto os pastores continuavam a pregação, distribuindo à plateia volantes com o endereço do templo miraculoso.

Maria só conseguiu voltar para casa à noite. Jesus dormia crucificado. Maria tomou banho em silêncio para não acordá-lo. No seu corpo branco salpintavam hematomas e arranhões. Dentro da cabeça dolorida, um coro de anjos desafinados cantava um refrão com os últimos acontecimentos em desorganizada cronologia. A dissonante cantata culminava com a voz do delegado proibindo à beata novas pregações pelo centro da cidade. Maria vestiu uma mortalha branca e deitou-se. O Redentor acordou com o contato do seu corpo.

— Você atirou pérolas aos porcos, Maria. Passou por blasfema na catedral e por possessa na Praça da Sé. Deu exemplos contra o catolicismo.

— Os padres não falam mais de religião ao povo — respondeu ela, estranhando a arrogância da própria voz.

— Eu estava na igreja e nas ruas falando com o povo no lugar dos padres para reerguer a fé católica. E de graça.

Virou-se para o lado e fingiu dormir. Cismou. Jesus a deixara desamparada durante todo o seu apostolado e agora atacava seus métodos. Traidor! Judas Iscariotes!

— Moram sete mil pessoas no Edifício Copan — continuou Jesus, a quem o sono da esposa parecia não ter a mínima importância. — São sete mil almas às quais você pode levar a palavra de Deus sem se expor aos perigos da cidade.

Maria refletiu. Jesus estava certo. Por que Ele não a alertara para isso antes? Será que só ela é quem tinha que pensar em tudo? Os emissários de Belzebu já se espalhavam pela cidade, infiltrando-se na Igreja Católica e sabotando os sermões dos padres. Era preciso proteger o Edifício Copan antes que fosse tarde, transformando-o no baluarte da Verdade Única. Maria cismou ainda. Um movimento automático posicionou seus braços em torno do crucifixo.

— Jesus, o que aconteceria se minhas irmãs parassem de me mandar dinheiro do interior? — ela testou, vigiando o esposo pelo canto dos olhos.

Jesus engasgou, gaguejou e não respondeu. Maria riu, arrematando a conversa em tom de brincadeira.

— Eu iria para um asilo, isso sim. Pois se você que é meu marido não me sustenta!...

Jesus continuou quieto.

* * *

A fase dois das Cruzadas de Maria na Pauliceia iniciou-se com uma vistoria no Edifício Copan. Depois de navegar suas ondas de tecido branco pelos trinta e quatro andares dos seis blocos do complexo, detectando cada foco de pecado com os faróis dos olhos circundados de maquiagem azul, Maria definiu o seu plano para a evangelização do Copan. Pensar em tudo o que havia para ser feito recarregava-lhe as baterias gastas com a exposição ao inimigo durante sua via-crúcis no centro. Os moradores ela catequizaria com sutileza para que não implicassem com ela. Começaria imprimindo em suas almas o exemplo da santidade por meio da sua própria imagem, em performances diárias aos cinco minutos para o meio-dia. Nessa hora, quando o centro da cidade fervilhava num formigueiro, Maria descia à calçada do prédio, na Avenida Ipiranga, com o megafone e um saquinho de milho para os pombos. No começo, somente alguns pombos crédulos aventuraram-se a comungar os grãos das mãos de Maria; com o passar do tempo, à visão daquele milagre gastronômico, todos os bandos de pombos esfaimados que parasitavam as marquises e os anteparos do edifício aprenderam a mergulhar com estardalhaço entre as ondas de javanesa branca. Desfilando na calçada as vestes brancas e o véu revolvido pelo vento, cercada por uma comitiva de espíritos santos, a beata reproduzia ao vivo a ilustração de um milagre do saudoso livrinho de catecismo de capa azul-celeste. Quando soavam as doze badaladas na igreja da Consolação, Maria assestava o megafone em direção aos transeuntes apressados e rezava:

Meio-dia. Dois ponteiros apontam o Céu.
O Edifício Copan louva Maria.
São Paulo, Brasil louvam Maria.
A Polícia Militar louva Maria.

Mais amedrontados pela voz fanhosa do megafone do que saciados pelos grãos de milho, os pombos se dispersavam. Alguns iam procurar reforço alimentar na Praça Roosevelt; outros voltavam à marquise do prédio, à espera de outra caravela branca com provisões de grãos. Mais de uma vez o destino galhofeiro enviou para aquelas bandas um transeunte desavisado vestido de branco, sobre o qual despencaram desastradas revoadas arrulhando, defecando e fazendo as delícias do porteiro entediado que explodia em gargalhadas.

O apostolado da beata incluiu todos os estabelecimentos comerciais da galeria no andar térreo do Copan. Nos salões de cabeleireiros, Maria pregou contra a vaidade e ensinou que o povo deve se enfeitar somente para o Deus Pai. À porta da alfaiataria, que considerava muito careira, rezou pela caridade e contra a ganância. Nas lanchonetes e no restaurante chinês de fast-food, pregou o jejum e a comunhão do corpo de Cristo. Na livraria, exortou os fregueses a lerem somente a Bíblia porque a Bíblia é a Vida. Mas foi no Cine Copan que Maria encontrou o maior desafio ao seu projeto. Segundo ela, o cinema e a televisão tinham sido inventados para mostrar as coisas de Deus, mas acabaram se tornando propagadores do pecado.

O Cine Copan, que andava mal das pernas desde 1985, mais de uma vez aposentara o projetor vagabundo e emprestara a vasta sala vermelha à exibição de peças teatrais e concertos de música erudita. Por essa ocasião, apesar de ganhar algum prestígio com o nome de Cine Teatro Copan, continuou vazio e cheirando a mofo. Reabriu suas portas ao público da sétima arte depois de uma precária reforma no carpete, ainda cheirando a mofo, numa época em que várias salas de cinema transformavam-se em supermercados e estacionamentos. Mas nem os lançamentos mais bombásticos proporcionaram a renda necessária à manutenção da sala. A cantora Madonna, por exemplo, que produzia filas de dobrar o quarteirão no Cine Ipiranga, a trezentos metros dali, nas sombras do Cine Teatro Copan bruxuleava rouca e desamparada, prenunciando o fim das salas de cinema enquanto jeito de se ganhar a vida.

Maria passou a acalentar o sonho de comprar o cinema. Provavelmente já estaria bem desvalorizado, àquela altura. A sala abrigaria reuniões dos moradores para a reza do terço, das novenas e para aulas de catecismo. Na tela seriam projetados apenas filmes bíblicos.

Para economizar dinheiro, a beata cortou a distribuição de terços e medalhinhas, racionou o milho dos pombos e aumentou o jejum. Jogava sistematicamente na loteria, na sena e no bicho, rezando muito e fazendo promessas para tirar a sorte grande. E enquanto o grande sonho não se realizava, dedicava-se às pregações durante as estreias. O lançamento do filme *Instinto selvagem* brindou o escasso público à bilheteria com um discurso de Maria contra a aparição na tela da vulva de uma atriz loura. Quem foi à estreia de *Drácula de Bram Stoker*, por sua vez, presenciou a beata à porta do cinema amaldiçoando a cena que mostrava uma relação sexual de uma virgem ruiva com um vampiro sobre um túmulo no cemitério. Divertidos com o espetáculo extra, os espectadores entravam na sala mofada enquanto o megafone fanhoso atribuía o pecado do aborto à propaganda do sexo nos cinemas.

* * *

Nos últimos tempos, Maria e o esposo andavam se estranhando. Fosse porque ele nada falasse, fosse porque ela não o ouvisse, a voz dele não vibrava mais dentro do peito dela. Talvez tenha sido essa situação o que adicionou um brilho ansioso à expressão sofrida dos olhos dele, que ficaram parecendo os olhos de um cão enxotado. Às vezes Maria sentia um arrepio de medo e até de repulsa ao deitar-se ao lado daquela imagem ensanguentada de olhos suplicantes.

Tinha pesadelos frequentes. Uma noite sonhou que o Edifício Copan resplandecia de brancura no centro da cidade e que ela voava em torno dele com seu séquito de pombinhas. Em todas as entradas da galeria havia crucifixos e grutas de Nossa Senhora com água benta. Vestidas de anjinhos, as crianças do prédio seguiam em procissão distribuindo e trocando santinhos de papel. Maria aterrissou e tentou limpar, sem conseguir, um rastro de pétalas e serragem brancas que a procissão deixara. Um pastor crente a repreendeu e ela fugiu de medo para dentro do cinema. Das caixas de som saía um enlouquecedor zumbido de orações. Na tela, Maria era a protagonista de filmes bíblicos: ela abriu o mar Vermelho, carregou o Manto Sagrado, curou leprosos, ressuscitou Lázaro e foi cruelmente crucificada. Fugiu do cinema também e, ao sair na galeria, viu que as imagens das grutas não eram de Nossa Senhora, mas dela própria; nos crucifixos, quem estava pregada era ela e não Jesus Cristo.

Acordou arrepiada dos pés à cabeça e com um zumbido nos ouvidos. Arregalou os olhos num esforço para voltar logo à consciência. Abraçou o crucifixo. Era um objeto frio, sem vida, de extremidades incômodas que não se adaptavam mais ao seu corpo.

Naquela tarde, passando em frente ao Cine Copan, notou, com alívio, que o filme *Drácula de Bram Stoker* tinha saído de cartaz. Não havia nenhum painel anunciando a atração seguinte. A bilheteira e o funcionário que rasgava os ingressos à roleta não estavam. No saguão, dois trabalhadores reformavam outra vez o carpete mofado. Parecia que o cinema tinha fechado de novo para reforma. Talvez fosse isso o que estava escrito numa pequena faixa colada à porta de vidro. Maria foi se aproximando para conseguir ler os dizeres "Breve: Renascer em Cristo". Seria o anúncio de algum novo filme bíblico para breve? Propaganda ineficaz! Estava mais para um bilhete do que para um cartaz de cinema. Maria dirigiu-se a um dos trabalhadores.

— O cinema fechou? — perguntou ela, sentindo o estômago arder.

— Fechou — respondeu o trabalhador de braços magros e empelotados. — Foi vendido para uma igreja evangélica. O nome é esse aí na faixa, Renascer em Cristo. São uns crentes cheios da nota.

Maria foi possuída pelo arrepio que tivera depois do sonho. Igreja Evangélica, Pentecostal, Protestante, Presbiteriana, Metodista, Batista, Testemunha de Jeová... não importava o disfarce do nome: era tudo crente!

Desesperada, Maria procurou refúgio no seu pequeno céu branco. Chegou tremendo ao seu bloco e pressionou nervosamente o botão para chamar o elevador. Tentou esconder o rosto choroso debaixo do véu de santa. O porteiro conversava com uma moradora.

— Vão vir mais de três mil pessoas na inaugura ção da igreja evangélica! — informou ele. — Vai ter até show de rock com um conjunto chamado Martíria e a Banda Rebanhão.

— Três mil pessoas! Nem o filme do Drácula chamou tanto público! — avaliou a interlocutora.

Maria entrou em seu apartamento sacudida pelos soluços. Deitou-se ao lado do crucifixo, chorou até cansar e adormeceu. Acordou horas depois com um zumbido enlouquecedor nos ouvidos. Tentou sair da cama, mas não conseguiu se mexer. Na penumbra do quarto, os olhos sofredores de cão sem dono do Redentor acenderam duas chispas de fogo. Maria teve medo. Quis fugir mas estava pregada no colchão. Gritou mas a voz foi abafada pelo zumbido. O cão vira-lata pressionou o corpo dela contra o colchão e golpeou-a violentamente com o crucifixo. Maria recebeu em suas entranhas as extremidades da cruz como dedos ossudos. Seu sangue misturou-se ao sangue de Cristo e tingiu os lençóis. Com um grito de dor, Maria calou o zumbido e conseguiu despregar-se da cama. Correu até a cozinha, pegou álcool, acendeu fósforos, jogou tudo nos lençóis. O fogo subiu. Maria atirou todas as imagens, bíblias, revistas e posters de seu apartamento na pira. A fuligem enegreceu o pequeno Céu enquanto os olhos incandescentes de Maria contemplavam o sacrifício.

Sua missão em São Paulo terminara. Telefonaria naquele dia mesmo às irmãs do interior pedindo dinheiro para mudar-se para Brasília. Tinha uma missão a cumprir na capital do país. Iria fundar e liderar a sua própria seita.

As duas amigas

Leonor completou quarenta anos num dia abafado. O aniversário foi comemorado no escritório por iniciativa das colegas que nunca esqueciam a data de 15 de janeiro, organizando modesta vaquinha, cada ano mais mirrada. Tampouco eram esquecidas as datas de 9 de maio, 13 de julho, 4 de setembro e 10 de novembro, quando cada aniversariante da sala fazia mais uma dívida naquele banco de natalícios.

Por hábito e polidez, Leonor resignou-se a entoar o pique-pique debaixo do ventilador que teimava em mudar umas massas de ar quente de lugar. Recebeu o presente, fingiu que o adorou, abraçou e beijou as colegas e retirou-se para o banheiro. Olhou-se ao espelho e chorou por tudo e por nada.

Nos últimos anos Leonor vinha se tornando uma aniversariante cada vez mais desenxabida. Enfrentava o ritual dos cumprimentos como quem recebe um castigo por ter ficado mais velha. O fato de todo mundo estar ficando velho junto com ela não era um consolo; antes, reforçava seu desgosto.

Não era feia nem bonita, nem alta nem baixa, mais para gordinha. Seus cabelos escuros eram iguais aos de tantas outras. Usava uns óculos de aro cinzento que nunca saíram da moda justamente por nunca terem sido modernos, embora estivessem longe de se encaixar no estilo clássico. Arrastara uma vidinha tímida pelo mormaço de escritórios de contabilidade e agências imobiliárias, estabelecendo-se na João de Barro Imóveis Ltda. Dali retirava o aluguel da quitinete no trigésimo andar do prédio mais populoso da cidade, o transporte nos ônibus mais cheios e as refeições solitárias com o gato Branquinho.

Antes que alguém entrasse no banheiro, Leonor venceu o choro com uma espécie de nocaute dos músculos faciais e examinou o presente. Era um vidro de perfume verde, impróprio para homenagear a aniversariante, que sentia enjoo e dor de cabeça na presença de cheiros fortes.

Aquelas meninas não acertavam uma. No aniversário passado, tinham-lhe impingido um colarzinho de pérolas de fantasia. Leonor detestava bijuterias por ser fiel às joias verdadeiras, que nunca usava por não poder comprar. As pérolas de plástico cumpriram a quarentena na gaveta do criado-mudo para amenizar o remorso da aniversariante mal-agradecida, antes de serem doadas à filha do porteiro do prédio.

O presente do ano anterior tinha sido um bibelô de vidro fosco que imitava uma escultura grega. A clássica reprodução ficou em cima da cômoda acumulando poeira até ser derrubada por um mal calculado pulo do gato de companhia, espatifando-se no sinteco.

Sem dúvida o presente mais mimoso tinha sido aquela calcinha de renda cor-de-rosa que celebrara o trigésimo sétimo aniversário de Leonor. A delicada peça foi usada uma só vez, no réveillon, para trazer sorte no amor. Se sorte não trouxe, desgraça também não. Bonitinho demais para ser vestido no dia a dia, o mimo foi enclausurado na gaveta da cômoda, com bolas de naftalina como guardiãs contra investidas de traças e baratas.

A porta do banheiro abriu e a presença excessivamente perfumada de Margarete invadiu as cismas da aniversariante. Estava na cara quem tinha escolhido o presente desta vez.

— Que bico, Leonor! Não quer o perfume? Pode trocar por outra mercadoria. A notinha está dentro da caixa.

— Eu já disse que adorei! — insistiu a aniversariante, derramando no pescoço um pouco do líquido verde. — É que fiquei muito emocionada com o carinho de vocês.

Margarete abraçou a colega, atiçando seu perfume contra o dela. Olhou-a de perto com os olhinhos verdes.

— Leonor, che eu fosse vochê eu fazia terapia. Gente que fica triste quando ganha presente prechisa de ajuda pchicológica. Aliás, todo mundo devia fazer terapia.

Margarete tinha problemas de pronúncia por causa de seu aparelho de dentes. Era pouco querida no escritório por ser meio esnobe e ter entrado na universidade, onde estudava Administração de Empresas. O fato de uma universitária precisar daquele emprego, mas não bajular os colegas, dava a eles a impressão de que ela os explorava e subia na vida à custa deles.

— Psiquiatra é para maluco, Margô. E não estou triste. Além disso adorei o perfume.

— Gente que ainda não é louca deve conchultar um pchicólogo para che prevenir.

— Isso é caríssimo. Onde foi que você arrumou dinheiro para pagar?

Margarete penteou o cabelo amarelinho lambido, cortado à altura das maçãs do rosto.

— Eu facho de graça lá na Cidade Univerchitária. Os pchicólogos estão para che formar e não cobram. Eles treinam e a gente che trata. Uma mão lava a outra.

— E o que um psicólogo faz na gente?

— Nada. A gente só fica converchando com ele durante uma hora dentro de uma sala fechada.

— E conversando sobre o quê durante uma hora?

Leonor não conseguia imaginar-se sustentando por mais de dez minutos uma conversação com um homem estudado.

— Sobre qualquer coisa. Mas princhipalmente sobre os problemas da gente, que o pchicólogo tenta ajudar a resolver. Vochê devia experimentar. Mal não faz.

Leonor reparou na colega. Margarete tinha dois problemas flagrantes. Um era o excesso de oleosidade no cabelinho ralo. Lavava o cabelo pela manhã, e à noite ele já estava com aparência de sujinho. Outro problema era aquela falta de educação para passar perfume, que usava como um desinfetante. Mas que ela tivesse problemas psicológicos, isso Leonor ignorava.

— Eu não tenho problema nenhum, não preciso de tratamento — achou-se Leonor na obrigação de esclarecer.

— É o que vochê pensa! Fui lá para curar uma insônia e acabei descobrindo um monte de neuroses.

Uma pontada na cabeça, acompanhada de náusea, pressionou Leonor a aceitar a sugestão da colega. As duas saíram do banheiro, em cuja atmosfera travava-se um dos mais encarniçados combates entre perfumes de que a João de Barro Imóveis já teve notícia.

A entrevista de Leonor com o psicólogo Levi teve lugar daí a uma semana. O rapaz era firme e falava olhando o tempo todo nos olhos dela, quase sem piscar. Pela primeira vez na vida ela teve a impressão de que o aro cinzento e as lentes de seus óculos fossem um obstáculo à comunicação. Leonor achou-o muito inteligente porque, sem que ela falasse quase nada, ele deu a entender que percebera que ela estava deprimida por sentir-se tão sozinha neste mundo de Deus.

A experiência comum da terapia com Levi uniu um pouco Leonor a Margarete. Margarete, que não tinha segredos para o analista, era muito reservada na conversa com Leonor sobre suas consultas. A coragem de Margarete para confessar tudo a Levi impressionava a amiga, que tinha segredos dos quais muito se envergonhava. Jamais contaria ao psicólogo, por exemplo, que suava em bicas no pé, que aos sete anos tentara matar seu pai misturando xixi ao chá-mate dele, e que às vezes imaginava o analista muito doente. Embora tivesse vontade de conversar com Margarete sobre a terapia, nunca encontrava as palavras certas para comunicar à colega o que havia sido dito pelo psicólogo. Sempre que tentava, acabava dizendo alguma coisa diferente do que tinha entendido na consulta, até que desistiu do assunto, passando a guardar tudo para si.

Mesmo tão retraída, Leonor já se sentia menos sozinha no mundo; afinal, tinha um psicólogo, um gato angorá e até uma amiga, mesmo que os laços entre as duas fossem um tanto frouxos. Margarete era meio enjoadinha mesmo, tinha o rei na barriga. Leonor já a convidara várias vezes para visitar o terraço do Edifício Copan, onde morava, e de onde se tinha a vista mais linda da cidade, mas Margarete sempre dava uma desculpa e não ia.

Com o passar do tempo, as consultas tornaram-se o maior acontecimento na vida de Leonor. Não que ela conversasse muito com o terapeuta. Ao contrário, era comum correrem quinze minutos sem que analisada e analisando emitissem uma só palavra. E, no entanto, quantas ideias atropelavam o cérebro de Leonor, ideias nem sempre razoáveis, às vezes conflitantes, pavorosas, poéticas ou engraçadas. De vez em quando ela não aguentava aquela situação em que um ficava olhando para a cara do outro e se desatava em frouxos de riso.

Sentia-se ridícula, esquisita, maluca. Viva. E que calor! Quase sufocava.

Resolveu fazer um regime. Quem sabe ficasse mais bonita com uns oito quilinhos a menos. Não tinha feito dieta antes para não precisar ajustar as roupas, mas agora achava que valia a pena uma despesa extra com o alfaiate.

O resultado do regime foi um corpo mais harmonioso quando vestido, embora mais flácido quando nu, e um rosto um pouco mais envelhecido. Mas o saldo foi positivo. Primeiro porque as meninas do escritório ficaram com inveja da sua capacidade de emagrecer. E segundo porque ela teve a impressão de que o analista deu para derrapar as íris e as pupilas nas recentes curvas do seu corpo.

Fez umas economias e comprou lentes de contato. A adaptação foi dolorosa mas todo mundo achoua mais bonita sem os óculos. O psicólogo não fez nenhum comentário, mas ela pôde ver sinais de aprovação no rosto dele. Como ele era bonito! Será que era casado? Margarete devia saber. Leonor lembravase dele o dia inteiro. No supermercado, tentava adivinhar o que ele compraria para um jantar a dois; diante de uma vitrine, imaginava que lingerie ele escolheria para ela; no escritório, especulava qual imóvel abrigaria os dois pombinhos. Descobriu que o perfume verde ganho no aniversário não era tão ruim; na verdade era muito bom se usado em pequena quantidade; passou a gostar tanto dele que só o usava no dia da consulta, para economizá-lo. Encontrou utilidade para a calcinha de renda cor-de-rosa confinada à gaveta: era a calcinha de ir para a terapia. Sabe-se lá se um dia aquele calor sufocante que sentia no consultório não lhe causaria um faniquito, a ponto de Levi ter de tirar-lhe a roupa? Leonor chegou a surpreender-se dentro de uma loja de bijuterias finas adquirindo um delicado colarzinho de pérolas falsas.

— Vochê mudou da água para o vinho, Leonor — foi a frase que se libertou de dentro da armadura de perfume com que ela se deparou no banheiro do escritório. — Eu sei de uma pessoa apaixonada por vochê.

Leonor tremeu. A imagem de Levi faiscou no fundo de um sonho vago.

— É o Freitas — revelou Margarete através do aparelho de dentes. — Che eu fosse vochê, conchiderava a pochibilidade!

O Freitas era um viúvo sexagenário que trabalhava na outra sala. Tinha sempre forrados de caspa os ombros do paletó desalinhado, cortejava todas as moças da João de Barro e era notório beberrão. Então a Margô achava que Leonor pudesse se contentar com um estupor daquele calibre? Que ideia a amiga fazia dela! Que amiga!

— Pois fique com ele para você, já que o considera tão bom partido! — disse Leonor com despeito, reconhecendo que para uma percepção jovem como a de Margarete a diferença entre um sexagenário e uma quarentona era invisível. Tentou disfarçar o constrangimento mudando de assunto. — E a terapia, Margô, como vai?

— Chuperlegal! — respondeu Margô, distraída, aspergindo desodorante nas axilas.

Leonor escondeu-se na cabine sanitária e fingiu arrumar a roupa de baixo. Precisava fazer a pergunta mas tinha medo de denunciar-se. Deslocou o tremor da voz para os dedos e, virando e desvirando várias vezes as alças do sutiã, emitiu a dúvida num tom displicente:

— E o Levi, hein? Você sabe se ele é casado?

Margarete perfumou a boca com Halitol e respondeu:

— Casado não é, mas tem namorada.

Leonor perdeu horas de sono compondo aquilo que seria a namorada do psicólogo. Loura, sim, mas não de cabelos lambidos, ralos e oleosos como os de Margarete. Um cabelão todo encaracolado, até quase a cintura. Alta, de pernas musculosas porque praticava esporte e velejava. Era de família boa, instruída e estudava medicina. Nem precisava trabalhar e morava com os pais em um sobrado com um jardim imenso. Ela era tudo o que Leonor queria ser, menos num ponto: a moça devia ter algum traço masculino muito forte, porque o analista não se apaixonaria por moloides como Leonor e Margô. A namorada dele devia ter um buço enorme e um pequeno cavanhaque que precisava ser depilado com uma pinça a cada três dias.

A desvantagem de Leonor na competição com a namorada imaginária do psicólogo encheu-a de sentimento de inferioridade. Em sua intimidade de imagens pouco sofisticadas, via-se como um pneu murcho que ficara calibrado durante um pequeno período, para ser novamente esvaziado sem dó. Não bastasse estar murcha, ainda chorava todas as manhãs para eliminar a seiva que ainda a mantinha vegetando. Tamanho sofrimento deve tê-la feito expelir gestos e talvez até palavras durante as consultas, de forma a que o terapeuta achasse por bem encher-lhe o pneu. E foi assim que um belo dia, sem saber direito como, Leonor saiu da terapia com a vaga impressão de Levi ter dito que a amava também, mas que eles dois não podiam realizar fisicamente o amor por uma questão de ética profissional. Aos poucos essa impressão vaga cristalizou-se em certeza fundamentada na lógica, a ponto de Leonor achar que tudo o que deixava de acontecer neste mundo de Deus devia-se a alguma malfadada questão ética.

Não havia dúvida nenhuma de que ela podia ser amada por um homem maravilhoso como Levi! Não era feia (andava até bonitona ultimamente), não dependia de família para viver, era honesta, gostava dos animais (pelo menos do seu gato Branquinho) e tinha modos. Além disso, hoje em dia uma mulher solteira de quarenta anos não era mais considerada encalhada como há pouco tempo. Então não era apaixonante uma criatura assim? Como estava feliz!

Um encantamento multiplicou a imagem do analista, distribuindo as réplicas por onde quer que Leonor passasse. Via-o saindo de uma farmácia, trombava com ele na esquina, cruzava-o no calçadão. Se alguma cor de cabelo masculino lhe chamava a atenção, era a cor do cabelo de Levi; um jeito de mexer as mãos, uma voz, um nariz, ou até mesmo o nome de uma rua ou de uma loja... todas as peças eram recolhidas ao coração de Leonor, que tentava juntá-las para montar um substituto do original.

Num final de tarde, numa rua paralela à do escritório, Leonor julgou enxergar Levi estacionando rapidamente o carro para Margarete entrar. O carro partiu sem que Leonor pudesse ver direito o motorista.

Cismou a noite inteira com a miragem. Dormiu mal e pôs a culpa no gato que invadira o colchão, dormindo de atravessado.

Margarete chegou ao escritório quarenta e dois minutos e dezenove segundos atrasada, com cara de sono. Bocejou a manhã toda. Antes do almoço foi ao banheiro reforçar o desodorante. Leonor já a estava esperando.

— Vi você entrando num carro ontem, Margô. Está namorando?

Vigiou a reação da menina, que tinha nos olhinhos verdes uma alegria fresca.

— Nem me contou! Que amiga! — queixou-se Leonor exagerando um bico.

— Eu ia lhe contar quando o namoro ficache mais firme porque é meio segredo. Mas agora que vochê já viu...

— Não consegui ver a cara dele direito. É bonitão?

Margarete se fez de misteriosa:

— É um chujeito que vochê conheche.

Leonor torceu para ser o Freitas, mas nem Margarete poderia gostar daquele estrupício e além disso ele não tinha carro. Margarete armou os olhinhos de tanta seriedade quanto pôde e fincou-os nos olhos inquietos de Leonor.

— Prometa que não vai contar para ele que eu lhe contei, Leonor!

Leonor acenou uma promessa com a cabeça.

— É o Levi. A gente está saindo faz um mês.

Leonor não podia acreditar. Devia ser mentira daquela bisca que decerto já teria notado seus sentimentos e queria pregar-lhe um susto. Soltou uma vozinha murcha:

— Conte outra, Margô. Psicólogo não namora cliente. Tem de respeitar a ética profissional.

— Aí é que está. Eu não sou mais cliente dele desde que a gente resolveu namorar. Ele me encaminhou para uma pchicóloga de sua confiancha.

Leonor sentiu o rosto queimar. Teve uma vontade súbita de dormir ali mesmo no chão do banheiro da imobiliária para nunca mais acordar. Uma mortal falta de graça tirou-lhe o ar e a força das pernas.

Margarete a olhava de um jeito perturbador. Teria notado o seu desespero? Então, do meio daqueles destroços que já tinham chegado a ser uma solteirona em paz com a vida, emergiu uma ponta de orgulho que cutucou-lhe a língua até que ela articulasse:

— Parabéns, Margô. Você merece.

Margarete abraçou-a, imprimindo-lhe o seu perfume enjoativo pelo resto do dia. Conversaram um pouco e combinaram que Margô iria finalmente conhecer o terraço do Copan no sábado.

Leonor enfrentou o resto do expediente sob ataques de pontadas na cabeça e ânsias de vômito. "Então aquele charlatão está de caso com uma lambisgoiazinha metida a besta da João de Barro Imóveis!", ruminava Leonor subvertendo, sem perceber, a ordem alfabética da lista de inquilinos. "Mas o que será que ele viu nela? Nem peitos tem. E é fingida! E aquele cheiro de desinfetante! Ética profissional: conversa para boi dormir. Pois ele deveria ter dito: EU NUNCA VOU NAMORAR COM VOCÊ, LEONOR, PORQUE VOCÊ É UMA SOLTEIRONA BALOFA, UMA SIMPLÓRIA, UMA PÉ DE CHINELO! Teria sido mais honesto!"

Ao final do dia, Leonor decidira nunca mais botar os pés num consultório de psicólogo, a raça mais embusteira que o capeta já criou.

De volta à quitinete deu com a falta do gato. Esquadrinhou os trinta e oito metros quadrados do apartamento, vasculhou os armários e as gavetas, procurou debaixo da cama e atrás das cortinas. Olhou o pequeno vitrô que dava para a marquise. Estava aberto. Abrira-o durante a noite, quando sentira falta de ar. De dia, o gato teria escalado a cortina até o vitrô e pulado dali na marquise. A marquise ligava todos os seis blocos de apartamentos do edifício, portanto o gato poderia ter entrado pela janela de qualquer um deles e ter se perdido.

Leonor alertou os porteiros de todos os blocos sobre a fuga de um angorá macho branco e esperou notícias em casa. Gente de bom coração que encontrasse o bicho seguramente avisaria o porteiro.

A campainha tocou. Era um moleque de olhos esbugalhados do andar de cima.

— Um angorá caiu de lá do terraço! — foi logo gritando o moleque de voz rouca. — Foi pular em cima de uma pombinha e despencou lá para baixo!

— De que cor era esse angorá?

— Branquinho.

Leonor desceu com o menino até onde o gato poderia ter caído. Pelo caminho o guri ia despejando a notícia.

— Ele parou perto da grade quebrada, bem na beirinha do terraço. Meu amigo ficou com medo de cair e não me deixou salvar o bicho. Foi o tempo de pousar a pombinha, o gato pular e pronto: caiu!

Chegaram ao local. Viram uma mancha disforme branca e vermelha por onde zanzavam formigas e moscas. Leonor não quis reconhecer o que de gato havia naquela pasta esparramada de pelos, vísceras e sangue. Chorou descontrolada.

Achou-se de volta ao apartamento, esperando ouvir que alguém encontrara seu gato vivo. Mas só dois moradores vieram lhe trazer dois animais perdidos, um amarelo e outro cinzento.

Na manhã seguinte Leonor estava calma. Sentia-se estranha. Era outra pessoa, alguém que não tinha gato, nem amiga, nem sonho de amor. Subiu ao terraço para olhar a grade quebrada. Aproximou-se dela o mais que pôde. Aquilo poderia ser muito perigoso se não fosse consertado logo. Certamente não seria consertado durante o fim de semana. Sentou-se encostada à parede e passou horas olhando as pombinhas que pousavam à beira do abismo.

Ao meio-dia voltou ao apartamento para receber Margarete. Ela chegou toda lampeira, de banho tomado, os cabelinhos molhados mais lambidos ainda. Seu perfume inundou o cubículo enquanto ela metia o bedelho aqui e ali, dizendo que a cortina devia ser de outra cor, que faltava colocar carpete na sala e boxe no banheiro.

Foram ao terraço apreciar a paisagem paulistana que um sol de sábado assava com paciência. Podia-se ver quase toda a cidade até onde as colinas tentavam barrar o alastramento da metrópole. O terraço do Copan era uma praia suspensa onde os moradores, em traje de banho, bronzeavam-se deitados sobre esteiras e toalhas. Em vez de areia, concreto. Em vez de palmeiras, antenas de televisão. Em vez do barulho do mar, o rugido incessante do trânsito. Em vez de maresia, monóxido de carbono. Embaixo, um oceano de prédios e ruas onde nadavam cardumes de automóveis e de gente.

As duas moças levaram uns trinta minutos reconhecendo pontos da cidade, ora uma praça, ora um edifício, um bairro ou uma avenida.

Quando passaram pela grade quebrada, Margarete afastou-se por instinto. Leonor caçoou do medo dela e foi bem pertinho da beira do abismo.

— Daqui é muito mais emocionante, Margô, venha ver!

Margarete criou coragem e, com disposição adolescente, chegou perto de Leonor. Olhou para baixo e comentou, coquete:

— Que chenchachão incrível!

Rápida como um raio, Leonor empurrou a colega no abismo. A menina reagiu, agarrando Leonor pela blusa. Ouviu-se uma gritaria no terraço e, antes que algum corpo bronzeado tivesse tempo de erguer-se da esteira, as duas já sobrevoavam a metrópole em direção ao inexorável asfalto.

Não se sabe se Margarete desmaiou durante a queda ou se, lúcida, teve em seu vertiginoso fluxo terminal de pensamento um lugar para o ressentimento. Mas sabe-se que o psicólogo sofreu muito com a tragédia. Quanto a Leonor, antes de esborrachar-se no chão, perdoou-os.

A *voyeuse*

A dona de casa Vera Lúcia, casada há quarenta anos com o bancário Hildebrando, com quem morava no vigésimo quinto andar do Edifício Copan, levantou-se insone às três horas de uma madrugada sufocante de verão para matar a sede e refrescar os braços na água fria. Como o vapor exalado pelo marido umedecesse a cama e cozinhasse o ambiente, Dona Vera escancarou as janelas à invasão de um pouco de vento seco.

À sua frente, do outro lado da Avenida Ipiranga, o Hilton Hotel erguia sua forma cilíndrica acima das luzes paulistanas que bordavam o veludo negro da noite em cores de bijuterias. Todas as janelas do hotel em forma de charuto estavam fechadas e veladas por cortinas brancas, exceto uma, em que a silhueta de um casal abraçado se recortava contra a luminosidade dourada produzida pelas lâmpadas. Num gesto recatado, Dona Vera fechou as cortinas de poliéster e, decidida a combater o calor que o corpo do marido aumentava e a não ouvir o ribombar dos seus roncos, saiu do quarto, fechou a porta e foi sentar-se no sofá, ao lado da janela da sala, imersa em repousante escuridão.

Os roncos do marido, que nas longas noites matrimoniais fustigavam os tímpanos de Dona Vera, sacudiram o ar parado e bombardearam as paredes, vencendo a resistência da alvenaria e alcançando, pirracentos, os ouvidos da esposa. A mulher inspirou um pouco do ar quente e o expirou, libertando-o com outro tanto do ódio conjugal armazenado durante quarenta anos.

Dona Vera pensou nas senhoras com quem conversava nos encontros da terceira idade promovidos pela Associação Cristã de Moços, sediada a poucos metros dali. Da mesma forma que ela, todas tinham maridos que roncavam à noite, resmungavam de dia e eram odiados pelas esposas durante as vinte e quatro horas diárias. Da mesma forma que ela, não sabiam direito qual o motivo que as mantinha presas a seus homens insuportáveis. E todas acabavam justificando seu sacrifício em função da criação dos filhos.

Sem que a dona de casa percebesse, seus olhos procuraram, do outro lado da janela, uma alternativa à amargura, e depararam outra vez com o casal no hotel em frente. Os dois estavam com os troncos nus e, abraçados, olhavam a cidade. Era evidente que não suspeitavam que alguém os estivesse vendo, pensou Dona Vera, ou não exporiam sua nudez e sua alegria com tanto despudor.

Beijaram-se. Dona Vera sentiu uma perturbação nas pernas e massageou-as para afastar o incômodo, provavelmente causado pelas varizes que brotavam havia alguns anos. Os namorados começaram uma espécie de dança lenta, apalpando-se um ao outro. Dona Vera, esfregando nervosamente o peito do pé e a barriga da perna, podia ver onde ia acabar aquilo tudo, já que, no quarto dos amantes, uma cama desarrumada destacava-se em segundo plano pela luz esbranquiçada de um abajur.

O calor aumentou. Dona Vera precisava se refrescar outra vez. Tinha um leque guardado não lembrava onde, só lembrava que fora trazido pelo esposo de uma churrascada no sindicato dos bancários, e que tinha a propaganda de uma marca de cerveja, e que estava numa gaveta junto com a máquina fotográfica e o binóculo. Destacou os olhos da janela do hotel, não sem uma forte resistência por parte deles, e correu a vasculhar as gavetas da cômoda. Revirou o conteúdo de todas, afoita por voltar ao sofá e se refrescar com o leque ao lado da janela, e já estava prestes a desistir da ventarola quando esta se apresentou entre a máquina fotográfica e o binóculo na última gaveta. Dona Vera apanhou rapidamente o binóculo, fechou a gaveta com a máquina fotográfica e o leque dentro e voltou, ansiosa, ao sofá.

Levou algum tempo até conseguir enquadrar e focalizar os amantes, depois de procurá-los impacientemente entre as janelas, as paredes e as cortinas do hotel que, trazidas para diante do seu nariz, pareciam, matreiras, teimar em lhe esconder o espetáculo. Encontrou-os abraçados, nus, ondulando sobre a cama. E ao observá-los surpreendeu-se úmida e tensa, ressuscitada pela descoberta de um prazer novo quando já não esperava mais da vida do que aborrecimento.

Os amantes se beijavam, se lambiam. Mordiscavam-se, chupavam-se. Dona Vera testemunhou, estupefata, que suas bocas saboreavam mamilos, língua, orelhas, dedos e sexo com igual desembaraço. "Que nojo", ela pensou, "certamente não são casados." E reajustava as lentes do binóculo na vã esperança de, com angustiadas correções de foco, restringir os órgãos espionados às atuações que, no seu entender, lhes cabiam.

O balé amoroso evoluiu com redobrado vigor. Os dois corpos colaram-se e contorceram-se em furiosa confusão. O namorado penetrou a moça como uma planta que esconde suas flores entre as folhagens da outra, confundindo seus galhos e seu tronco com os dela, fundindo-se a ela e encobrindo-a, em total indiferença aos esforços de Dona Vera que, retorcendo-se no sofá, tentava inutilmente enxergar, em meio à agitada vegetação, o rubro e libidinoso hibisco.

— Que pouca vergonha é essa, Vera? — resmungou o marido, que se aproximara pé ante pé, decidido a dar um susto na mulher.

Dona Vera quase vomitou o coração. Trêmula de vergonha, espiou o marido. Ele fungava roncos remanescentes e seus olhos inchados espirravam uma velha ameaça. Arrancou o binóculo das mãos dela e, assestando-o em direção ao hotel, arrebatou para junto de si a inquietante intimidade dos namorados. Depois atirou o objeto contra a parede e disse, entre os pivôs dos dentes:

— Deu pra ficar sacana depois de velha, mulher?

Dona Vera sabia que o ódio do marido era tão preguiçoso quanto ele mesmo e que uma eventual tentativa de agredi-la seria desarmada de imediato pelo tédio conjugal.

— Fiquei casado quarenta anos com uma puta sem saber! — ele desabafou, retornando ao quarto.

Dona Vera continuou sentada no sofá, olhando a janela do amor. A luz fora apagada. A escuridão da noite trouxe-lhe de volta uma sensação primordial de desamparo. Teve medo de que daquela vez o marido resolvesse cumprir a ameaça, tantas vezes repetida, de abandoná-la, deixando-a dormir sozinha a noite sem volta da velhice.

* * *

Dona Vera aprendeu que conhecia melhor o marido do que a si mesma. De fato ele a abandonou, sem dizer para onde ia, mas, ao contrário das previsões dela, Dona Vera sentiu-se extremamente feliz sem ele. Pela primeira vez na vida era livre. Não precisava mais acordar cedo, cozinhar almoço e janta, passar camisas, remendar meias e alvejar cuecas. Estava a salvo dos tolos divertimentos masculinos como as enfadonhas partidas de futebol na tevê que lhe entorpeciam as tardes de sábado, as frívolas revistas de mulher pelada que lhe avassalavam o banheiro e as cruéis brigas de galo que lhe ensanguentavam os feriados. Escarrapachada na cama que agora era só dela, deliciava-se em dormir até doze horas seguidas, durante as quais não ouvia os terríveis roncos sequer em pesadelos. Passeava tranquila pelas ruas da cidade, sem hora nem lugar para chegar, observando as senhoras cujo ir e vir apressado obedecia, claro, aos horários e às necessidades dos maridos, e enchia-se de alegria ao se reconhecer a maior beneficiária de suas próprias atividades. Para enriquecer as noites celibatárias, mandara consertar o binóculo, com o qual devassava, impune, todos os orifícios iluminados dos prédios ao redor, e só abandonava o divertimento quando lhe doíam os músculos dos braços. Era tão grande a sua felicidade que não lhe sobrava no peito espaço para mágoas pela partida do marido. Até a reação dos filhos à sua nova situação foi positiva. Em cartas e telefonemas (privilégios que Dona Vera só experimentava no Natal), eles lhe ofereceram, de Miami e de Campinas, onde viviam com suas respectivas famílias, todo o apoio e um dinheiro suficiente.

Reuniu pela primeira vez em seu apartamento as amigas na terceira idade para servir-lhes as boas-novas com café forte e bolo de fubá.

— Quem me dera o meu marido fosse embora, Verinha! — disse uma delas, cuja inveja podia ser cortada com faca naquele momento. — Eu já o expulsei de casa umas cinquenta vezes e ele continua grudado no meu pé!

— Quisera eu ser livre e desimpedida também! — desejou outra. — Mas se eu largar o Waldemar ele morre. Sozinho, aquele tonto não consegue nem soltar um pum.

134

— Só aturo o Fabiano até casar todos os meus filhos — prometeu uma terceira. — Depois vou pedir o divórcio.

— Agora você pode namorar quem bem entender! — ponderou a mais velha, uma viúva de quase oitenta anos e olhinhos maliciosos. — Mas não vá arranjar outro velho pelancudo e... — e fez um sinal com o dedo indicador dobrado para baixo.

Todas gargalharam com estrondo, estirando a língua em sinal de nojo e protestando com deus me livres

— Mula velha quer capim novo! — complementou a viúva, que tinha um namorado de quarenta e cinco anos e nunca o apresentara a ninguém.

— Não sei como vocês aturam aqueles pesos mortos nas suas costas! — manifestou-se heroicamente Dona Vera, que sentia todos os pares de envelhecidos olhos cobrindo-a de admiração. — Só me arrependo de não ter me separado antes.

* * *

Desde moça Dona Vera sentira sempre muita vergonha de seu corpo, que considerava medonho. Nunca ficara nua perto do marido, a não ser deitada, quando as suas imperfeições se camuflavam sob as dele, durante as penosas (mas felizmente rápidas) relações sexuais. Quando descasada, porém, não só passou a andar dentro de casa do jeito que viera ao mundo, como também esquecia, às vezes, provavelmente por puro desleixo, as cortinas da janela abertas. Foi durante um desses dionisíacos passeios domésticos que a dona de casa avistou um moço a observá-la de uma das janelas do hotel. Logo que o viu, de terno branco e gravata borboleta preta, traje que lhe denunciava a profissão de camareiro, Dona Vera escondeu-se atrás da cortina e fechou-a depressa, bastante envergonhada por ter-se deixado ver tão ridícula, essa degradante característica que a idade só faz exacerbar. Vestiu-se e abriu de novo as cortinas. O camareiro não tinha, ainda, abandonado a vigília para retornar aos seus afazeres hoteleiros; ao contrário, não arredava pé do posto de onde podia observá-la. O coração de Dona Vera palpitou com mais força. O que detinha o jovem à frente da indiscreta vitrine? Seria possível que ele estivesse arriscando seu emprego para apreciar os escombros de uma velha desnuda e depois continuar adivinhando-a num banal chemisier de jérsei estampadinho? Se Dona Vera não considerasse a hipótese um total absurdo, iria se queixar ao gerente do hotel. Entretanto, por muito tempo mais o jovem camareiro continuou atento às evoluções dela como um telescópio às das estrelas. Inquieta, ela ia e vinha por todos os cômodos de seu apartamento como se tivesse muito que fazer, primeiro limpando isto e aquilo e depois trocando objetos de lugar. A cada novo movimento, checava a reação do admirador, cuja obstinação a intrigava e seduzia. Então, num desses rompantes da vida em que um problema de repente se resolve, um destino se define ou uma dúvida se esclarece, Dona Vera entendeu o jogo. Não havia dúvida, ele queria vê-la! Não importava a estética, mas a nudez. E cabia a ela mostrar o que quisesse e tivesse. As mãos trêmulas desabotoaram devagar o chemisier e depois tiraram o sutiã. Seu rosto, corado de vergonha e aquecido por uma paixão inédita e excêntrica, voltou-se na direção da janela do hotel. O moço continuava a olhá-la, imóvel. Ela deitou-se sobre a cama e, arriscando uma travessura de menina, abriu as pernas e expôs ao observador desconhecido o segredo que até então a oprimira, a vergonha que a tiranizara, o ninho recluso, sufocado, onde deixara murchar a sua flor mais viçosa. Depois, arrebatada de súbita timidez, fechou depressa as cortinas, trinando um risinho tão amarelo e afobado quanto um canário fugindo de uma gaiola.

* * *

As doze garrafas de cerveja que Seu Hildebrando bebera com um colega brigador de galos transbordaram-lhe os olhos num choro desesperado. Os dois estavam num boteco ao lado de uma pensãozinha suspeita da Rua Augusta, onde Seu Hildebrando se enfiara enquanto não descobria que rumo tomar na vida. O colega, que lhe devia certa quantia em dinheiro relativa a apostas perdidas, ouvia-o com paciência.

— Vagabunda! Velha safada! — desabafava Hildebrando.

Despertara no confidente uma aguda curiosidade a respeito da traição da mulher, mas recusara-se a contar o ocorrido, acreditando assim conservar intacta sua dignidade de macho.

— Além de tudo é burra feito uma porta — continuou. — Nunca percebeu que eu sempre a amei. Você acha que se eu não a amasse, teria sustentado durante quarenta anos uma jararaca daquela? Teria feito filhos nela? Teria passado a vida inteira com ela?

O brigador de galos pensou um pouco. Independentemente de ter que adular o seu credor, reconheceu nas citadas provas de dedicação conjugal o mais puro e desinteressado amor.

— Você sabe o que é não poder fazer amor com a mulher que você ama porque ela sente nojo de você? — continuou o marido, a voz alterada e a boca retorcida pela dor. E pediu ao barman mais duas cervejas.

O colega encontrou a oportunidade de demonstrar algum cuidado para com o marido traído, poupando-lhe a saúde. Repreendeu-o por já ter bebido demais e cancelou o pedido das cervejas. Depois perguntou a Seu Hildebrando, que pagaria a conta, se podia pedir outra meia porção de frango a passarinho.

— E o pior é que eu não sei viver sem aquela cascavel — continuou Seu Hildebrando, que não ouviu a pergunta do amigo, tão alto gritava sua tristeza.

O devedor lhe aconselhou a reconciliação. Se amava tanto a mulher, nem tinha o que pensar. A esposa, o lar, a família: era esse o lugar de um homem neste mundo.

Seu Hildebrando soluçou as últimas lágrimas etílicas. Aceitou a orientação do brigador de galos e perguntou-lhe se gostaria de outra meia porção de frango a passarinho.

* * *

Seu Hildebrando dirigiu-se ao saudoso lar, munido de uma lata de goiabada cascão e de um pacote de doce de leite com ameixa, as sobremesas preferidas da esposa. Passou impune pela portaria do Copan, feliz por ainda não ter perdido seus direitos territoriais. No elevador, organizou mentalmente um contrito discurso de conciliação. Diria que a amava, que nunca mais lhe daria alfinetadas atingindo-lhe os pontos fracos e, sobretudo, que lhe perdoaria a pouca vergonha — contanto que ela recuperasse a decência. À porta do apartamento, sentiu um nervosismo adolescente. Como seria recebido? Decidiu fazer uma surpresa. Possuidor de uma cópia das chaves que afinal de contas eram de um lar que também lhe pertencia, entrou em silêncio pela porta da sala. Não viu a mulher. "Deve estar lendo uma revista no quarto", calculou. E para lá se foi, pé ante pé. Para seu desgosto, encontrou Dona Vera nua sobre a cama, com as pernas abertas em direção à janela, através da qual podiam ser vistos, no hotel em frente, lado a lado, a espiá-la, três jovens camareiros e um garçom.

— Piranha! — esbravejou, atirando a goiabada e o doce de leite contra a parede.

Dona Vera, branca de susto, fechou-se como um guarda-chuva, pulou da cama e, cerrando as cortinas, expulsou-o, furiosa. Humilhado, Seu Hildebrando abandonou rapidamente o apartamento, proferindo uma vez mais a ameaça que, para a esposa, tornara-se uma promessa de felicidade:

— Vou embora para nunca mais voltar, libertina!

* * *

A recente sexualidade de Dona Vera aproximou-a, por força do instinto, de um frequentador das reuniões da terceira idade que era homossexual. De um bom humor indestrutível, trazendo sempre uma palavrinha de ânimo para os desesperançados, Seu Natal era o membro mais espirituoso do grupo. Tido pelos velhos como um solteirão esperto e pelas senhoras como um cavalheiro, confessou sua homossexualidade a Dona Vera numa tarde em que trocavam receitas de recheios para panquecas. A dona de casa ficou decepcionada com a notícia, pois acreditara, não sem um pouco de vergonha, ter-se enamorado dele. Encantara-se de sua cortesia no trato com as senhoras, de sua sensibilidade no cuidado com as plantas, de seu talento na confecção de enfeitinhos para festas de casamento (de onde tirava o sustento) e, principalmente, de sua invejável mão para cozinhar. Então era possível a existência de um homem assim! — dizia-se Dona Vera, lamentando não tê-lo conhecido na sua juventude para formar com ele o par perfeito. Era muito feio, a bem da verdade, magérrimo, branco como um lençol, salpicado de sardas e manchas. Mas sua cor e as pintas, aliadas à sua elegância e à sua afabilidade, tornavam-no parecido, aos olhos de Dona Vera, com um cachorro dálmata, o que lhe contava ainda mais pontos positivos porque um dos sonhos dela sempre fora possuir um dálmata.

Passada a dor da desilusão que o homossexual causou na dona de casa, Dona Vera e Seu Natal tornaram-se excelentes companheiros. Numa atitude de fiel parceria, que aos outros pareceu antipática, formaram uma dupla à parte nas reuniões da terceira idade, as quais acabaram preterindo em razão de se bastarem um ao outro. Finório mexeriqueiro, mas sempre leal à nova amiga (cujas qualidades fazia sempre questão de ressaltar), Seu Natal esquartejava as outras velhas com sua língua afiada, destrinchando-lhes a feiura, a burrice e o mau gosto no vestir. Dona Vera, que não conseguia estancar as gargalhadas deflagradas pelas sarcásticas observações do amigo, encarava-lhe os pontos de vista com um pouco de reserva. Ele costumava apregoar que todos os homens são homossexuais reprimidos, à espera de uma oportunidade para atenderem ao clamor de seus reais desejos.

— Se eu fosse você, não poria a mão no fogo nem pelo seu marido e nem pelos seus filhos! — dizia ele entre as dentaduras risonhas, enquanto Dona Vera espichava um sorriso contrafeito na boca fechada.

Os dois se visitavam com frequência, até porque eram vizinhos, morando em blocos diferentes do mesmo edifício. Ela conheceu vários amigos dele, quase todos jovens homossexuais, também moradores do prédio. Desde a partida do marido, a vida, que não cansava de lhe mostrar facetas que até então lhe tinham sido ocultas, exibia-lhe agora aquela imensa população de rapazes que só se apaixonavam por rapazes. Dona Vera já havia cruzado com alguns deles na galeria e nos elevadores, e não pudera adivinhar que aqueles mocinhos tão educados, tão bem-vestidos e tão bem-penteados fossem todos mariquinhas. Tampouco desconfiara de que aquelas insinuantes sirigaitas de um metro e oitenta de altura, seios empinados e enormes sapatos de salto agulha fossem homens.

Para se acostumar com mais rapidez à ideia da homossexualidade do amigo, a dona de casa examinava constantemente sua própria excentricidade sexual. Assim como ela mesma não devia mais satisfação a ninguém, fazendo do seu velho corpo o que bem entendesse, ninguém tinha nada a ver com o que seu divertido amigo e os amigos dele faziam entre quatro paredes.

* * *

Na rodoviária de Campinas, Seu Hildebrando despediu-se do filho, assoou o nariz vermelho e, reprimindo mais uma lágrima, entrou no ônibus que o levaria de volta a São Paulo. Passara o fim de semana na casa do filho tentando descobrir um rumo a tomar. Orientado pela nora, que detectara no sogro um parasita em potencial, chegou à conclusão de que o modo mais simples, suave e seguro de reconstruir a vida seria restaurando as ruínas do próprio casamento. Tinham decidido que naquela noite de domingo, mesmo sem estar levando nenhum presente, Seu Hildebrando iria ver sua esposa e pedir-lhe perdão por tê-la insultado. Explicaria o quanto precisava dela e como estava disposto a tolerar todas as suas esquisitices de mulher, até mesmo a pouca-vergonha.

Quando Seu Hildebrando apertou, respeitoso, a campainha do apartamento, Dona Vera estava vendo um filme de suspense na televisão junto com Seu Natal e um casal de travestis de quem ele se dizia "madrinha de casamento". No filme, strip-teasers masculinos que se apresentavam em shows só para mulheres eram vítimas de uma criminosa que conseguia passar despercebida entre a plateia histérica. Dona Vera recebeu Seu Hildebrando com frieza e muita calma. Sabia que ele não teria o desplante de insultá-la diante das visitas. Apresentou-o aos convidados como seu ex-marido e não lhe dirigiu uma só palavra, fazendo questão de se mostrar excitadíssima com as cenas de strip-tease masculino. Mudo, oprimido, Seu Hildebrando achou em Seu Natal um possível concorrente, esquisito o bastante para se apaixonar por uma velha safada como aquela e ser correspondido. Flagelado por um enxame de sentimentos como ciúme, inveja, ódio, ressentimento e humilhação, Seu Hildebrando saiu de repente sem despedir-se de ninguém, batendo a porta e sabendo que, mais cedo ou mais tarde, acabaria voltando.

* * *

Assim como rios correm para o mar e chuvas precipitam-se no solo, segredos, confidências e fofocas fluíram entre os amigos Dona Vera e Seu Natal. Ele contou que era aidético. A doença o levara a renunciar, com altruísmo, ao prazer dos contatos carnais para se satisfazer com a contemplação quase mística da nudez masculina em fotos, vídeos, revistas e janelas. Gostava também de espiar os que se espiam e, quando não tinha o que observar, imaginava cenas picantes e conversava sobre elas com os amigos. Pois Verinha (Seu Natal a tratava como a uma coleguinha do jardim de infância) não sabia ainda que a prática prudente e ascética do voyeurismo e também a do exibicionismo eram coisa comum no edifício? Ele tinha, por exemplo, um vizinho que, de shorts e torso nu, assistia a vídeos homoeróticos com a porta da sala aberta para o corredor coletivo e, na sala, instalara vários espelhos de modo a poder ser observado de fora sob qualquer ângulo. Na cobertura, dois travestis costumavam bronzear os estufados seios nus, apontando-os com veemência para a direção dos turistas que apreciavam a vista paulistana no terraço do Edifício Itália. Pelos corredores do prédio, um guarda de segurança gostava de fazer sua ronda paramentado com soberbo enchimento de pano sob a calça, para mostrar mais generosas as proporções de seu membro. Num bloco mais luxuoso, a certo morador aprazia perambular pela sala, que podia ser vista por todo o pessoal de um escritório de contabilidade, vestido apenas com um roupão de seda de motivos chineses cujo tecido formava uma tenda erigida pelo seu imponente mastro endurecido. Anos antes, o próprio Seu Natal, com a pele ainda não manchada pela doença, expusera sua nudez a um limpador de janelas que fazia o serviço pelo lado de fora, pendurado num andaime. E não era raro saírem do edifício pequenas caravanas em direção ao banheiro masculino da loja de departamentos Mappin, que tinha virado ponto de encontro de masturbadores exibicionistas.

— O banheiro do Mappin?? — perguntou Dona Vera, arregalando os olhos.

— É. Lá também se faz sacanagem, como em todos os banheiros públicos. Acho que nos banheiros femininos deve acontecer a mesma coisa — respondeu Seu Natal.

— Mas de jeito nenhum! — informou a inexperiente dona de casa, não muito segura do que estava falando. — Em banheiro de mulher o máximo que se vê é palavrão rabiscado nas portas. Mais nada.

— Pois em qualquer banheiro masculino basta a gente ficar no mijadouro dois minutos que começa a aparecer homem de tudo quanto é lado para olhar e exibir. Muitos até transam lá mesmo.

— Pois eu não sabia! — confessou Dona Vera, que acabava de aprender mais essa.

— E isso não acontece só em banheiros. Acontece em qualquer lugar onde se juntem homens. Cada um gosta de comparar o seu pênis com os dos outros, durante a masturbação coletiva, que é uma espécie de mostruário.

Dona Vera imaginou vários homens à frente dos mijadouros enfileirados como bancas de feira, esmerando-se em propagandizar a invejável qualidade de seus utensílios.

— Mas isso quem faz são os homens que só gostam de homens, né? — indagou Dona Vera, tímida.

— Pois aí é que você se engana — respondeu o amigo, com a voz lambuzada de orgulho. — Homens casados e chefes de família também participam, e com muito gosto, do certame. Até seu esposo já deve ter concorrido.

Dona Vera não gostou do que ouviu. Não podia imaginar o seu velho Hildebrando, indômito brigador de galos, a esfalfar seu desalentado passarinho na frente de um promíscuo mijadouro sob os olhares cúpidos de um bando de efeminados. Sem dar tempo para que ela se recuperasse do mal-estar, Seu Natal avançou o peitinho magro e estreito e concluiu:

— É uma situação puramente masculina num ambiente carregado de sedução e desejo. É um fenômeno do qual o mundo feminino não tem a mínima participação.

Dona Vera ficou indignada. Teve que se controlar para evitar que o homossexual notasse o seu despeito. O modo como ele tinha falado deixara escapar um certo desdém e ela pensou que talvez o amigo não gostasse dela de verdade, assim como de nenhuma mulher. Começou a desconfiar da amizade dele e segurou as rédeas da sua. Os dois passaram a se encontrar cada vez menos, numa infantil e repentina rejeição mútua.

* * *

A animosidade contra Seu Natal empurrou Dona Vera de volta à convivência com as velhas e suas imprecações contra maridos. Ela compareceu ao geriátrico oráculo da Associação Cristã de Moços trazendo nas mãos o legado da sua mais recente experiência: a extensão das maledicências, até então restritas a maridos, ao gênero masculino como um todo.

— Homem nenhum presta — afirmava ela, cheia de convicção, às amigas que, cheias de reserva, esperavam inocentar ao menos seus netinhos. — Os homens mandam no mundo por um só motivo: acham-se melhores do que nós.

Durou pouco, entretanto, o arroubo feminista de Dona Vera. Foi sepultado junto com o esquálido corpo de Seu Natal, destruído pela doença no corredor de um hospital precário. No enterro, a que compareceram todas as senhoras do grupo na terceira idade e alguns jovens homossexuais, Dona Vera ficou sabendo que o amigo enfrentara todo o sofrimento que precede a morte em sepulcral solidão.

Antes de dormir, Dona Vera contemplou, através da janela, o negro veludo pontilhado de luzes coloridas que provocavam na noite a alucinação do dia. Sentiu outra vez o primitivo desamparo apressar-lhe as batidas do coração e, pela primeira vez em quarenta anos, teve saudade do marido.

Nesse momento a campainha tocou. Seu Hildebrando, o marido, o tronco em que Dona Vera enredara sua vida, o mastro em que ela içara seus sonhos, o crucifixo ao qual ela se atrelara, sua única estrada para o futuro, tinha voltado. Trazia vários pacotes embrulhados em papel de presente. Abriu-os com as próprias mãos, cheio de inédita boa vontade. Eram revistas, vídeos, fotografias e baralhos pornográficos, que iam sendo espalhados pela cama com energia jovial. Dona Vera se jogou nos braços dele.

Do outro lado da avenida, à janela do hotel, um camareiro os espiava. A esposa começou a fechar as cortinas mas foi impedida pelo marido que, impetuoso, escancarou-as à curiosidade do camareiro, o qual serviu de testemunha ao amor possível, necessário e inapelável de Dona Vera e Seu Hildebrando.

A prostituta

Seu Genevaldo Pereira, mineiro de cinquenta anos de idade, dezoito dos quais vigiando a portaria do bloco de quitinetes do Edifício Copan, causou certa surpresa aos colegas dos outros blocos quando, naquela segunda-feira, compareceu ao trabalho envergando sua antiga farda de tergal azul-marinho e botões dourados. Trazia também na cabeça o pequeno quepe (onde podiam ser lidas, bordadas de amarelo, as abreviações das palavras "Condomínio Edifício Copan") que complementava o uniforme, o qual, por ser desconfortável e militaresco, fora, muitos anos atrás, repudiado pelos funcionários e abolido pela chefia.

Ainda que tivesse a cor desbotada, o talhe um tanto deformado pelo encolhimento do tecido e os botões estrangulados nas casas, o traje resgatava a Seu Genevaldo uma respeitabilidade que as prosaicas camisas de colarinho aberto e de mangas arregaçadas corrompiam, e que tinha sido conquistada durante os anos em que ele fora um carcereiro rigorosamente fardado numa delegacia em Uberaba. Naquela segunda-feira, em especial, fazia-se necessário que Seu Genevaldo, trajado com imponência, infundisse seriedade, venerabilidade e confiança porque, depois de muitos meses de cautelosas e intrincadas reflexões, feitas durante as oito horas diárias de vigília à portaria, decidira denunciar pessoalmente ao inquilino Florêncio dos Santos que a esposa dele, Dona Rosinha Almeida dos Santos, era puta.

Florêncio dos Santos saía para trabalhar na mesma hora em que Seu Genevaldo chegava, e sempre estava de volta quando o porteiro se preparava para ir embora. Naquele dia, como de costume, assim que o mineiro se colocou à horrenda mesinha de escritório que desventurava a portaria, Florêncio saiu do elevador carregando a sua marmita.

— Bom-dia, Seu Genevaldo — disse o inquilino em seu sotaque pernambucano, jorrando vitalidade por todos os poros. — O senhor está tão elegante hoje! Parece que vai desfilar numa parada de Sete de Setembro!

Seu Genevaldo agradeceu, acabrunhado. Antevia, cheio de misericórdia, a dor que esgotaria todo o vigor do pernambucano quando ele soubesse que, mal ele sumia de vista em direção à Praça da Sé, onde trabalhava de sol a sol, de segunda a segunda, sua esposa levava, para dentro de seu apartamento, uma média de cinco homens em cada dia útil da semana, e cerca de sete ou oito por feriado.

O pernambucano Florêncio tinha sangue índio, cabelos negros à altura das omoplatas, tatuagens por todo o corpo e saúde para dar e vender, nos sentidos metafórico e literal da expressão. Possuía uma banca de ervas, cascas e garrafadas medicinais num ponto de venda na Praça da Sé que conquistara junto à prefeitura, mediante cadastramento e uma pequena propina ao funcionário que o atendera. À noite, antes de voltar para casa, organizava sobre a banca a mercadoria, o fogareiro, o microfone e a caixa de som, estendia sobre ela uma enorme toalha de plástico, que cingia com uma corrente trancada a cadeado, e deixava-a pernoitar ali sob a vigilância inconstante de policiais sonâmbulos. Embora seu patrimônio não fosse tesouro dos mais cobiçados pelos marginais das redondezas, Florêncio procurava garantir-lhe a inviolabilidade em troca de um atendimento médico gratuito aos meninos e meninas de rua que moravam na praça. Tratava-lhes as feridas causadas por espancamentos e inflamações de garganta causadas pelo sereno com óleo de copaíba; combatia-lhes os vermes com doses de garrafadas Flor do Amazonas preparadas pelos índios em Manaus; acalmava-lhes os nervos com chás para banho de descarrego que fazia na hora, ao fogareiro, com arruda, guiné e alecrim-caboclo, e que eram utilizados em banhos furtivos na fonte da praça; atraía a sorte ao amor das meninas fornecendo-lhes patuás de olho de lobo e regularizava-lhes a menstruação com chá de capeba.

— Tenho remédio para tudo de mulher aqui — orientava. — Menos para provocar aborto.

Naquela tarde, Seu Genevaldo sacrificou o almoço para visitar o pernambucano na praça e fazer-lhe a abjeta revelação. Caso o inquilino não lhe desse crédito, iria convencê-lo a acompanhá-lo às escondidas até o local do crime e, depois do flagrante, iria lhe oferecer um ombro amigo.

A praça estava abarrotada de barracas onde eram vendidos vários serviços e produtos protegidos contra a intempérie por guarda-chuvas azuis. Seu Genevaldo ziguezagueou pomposo dentro de seu uniforme entre engraxates, tiradores de sorte, quiromantes, sorveteiros, vendedores de frutas, de churrasquinhos, de doces, de ouro, de maquiagem, de aparelhos de som, de bijuterias, de perfumes baratos, de óculos de sol, de roupas de baixo, de brinquedos de Taiwan, de apetrechos culinários, de revistas velhas, de discos usados, de vasos de flores, de bolsas de couro, e ainda teve que passar por duas bancas de ervas e garrafadas medicinais até chegar à do pernambucano.

Florêncio anunciava bravamente os seus produtos, através de um microfone amassado que enrolara ao pescoço com um pedaço de arame:

— Podem se aprochegar sem cerimônia, minha senhora e meu senhor! Tudo para a saúde da vossa senhoria, da família e do vizinho. Muito mais barato que remédio de farmácia. Temos a autêntica garrafada, fórmula legítima dos índios da Amazônia para os problemas do fígado, baço, rim, azia e queimação, fraqueza, úlcera, diabetes, mau hálito, sífilis no sangue, sistema muito nervoso, falta de apetite e lombriga. Eu cobro pouco para o freguês levar bastante. Uma é 200, duas 300, três 500. Se levar meia dúzia é 1.000 e vossa senhoria ainda ganha mais uma. Se não puder levar hoje, toma uma dose de graça e volta amanhã. Eu estou aqui todo dia, feito pagador de promessa!

Seu Genevaldo aproximou-se solene, empertigando-se sob a farda e aprumando o quepe como a proa de um navio.

— Que surpresa, Seu Genevaldo! — saudou o pernambucano sem preocupar-se em desviar a boca do microfone. Um relâmpago curioso rasgou-lhe ainda mais os olhos indígenas. — Veio comprar um remedinho?

Seu Genevaldo hesitou. Nenhuma resposta conseguiu romper-lhe as fronteiras da garganta, fechadas pelo nervosismo. E se ele estivesse enganado? E se Dona Rosinha fosse honesta?

— Catuaba, casca de tronco, quina-quina! — continuou enérgico o pernambucano ao microfone. — Marapuama, pau-de-resposta e cipó-cabeludo para combater impotência e fraqueza sexual! Vai levar o quê, Seu Genevaldo? — insistiu o vendedor.

Quem sabe ela também vendesse ervas e recolhesse os fregueses ao seu apartamento para uma demonstração! Quem sabe ela fosse manicure! Seu Genevaldo abriu a carteira, contou e recontou seu dinheiro.

— Água com jatobá é metade do preço! É base para fazer garrafada! — anunciou o pernambucano, indicando com a mão nodosa e quadrada uma garrafa com certo líquido castanho onde flutuavam repugnantes partículas verde musgo.

— Me veja uma dessas — gaguejou Seu Genevaldo, estendendo a mão com o dinheiro antes mesmo de saber o preço da poção.

Florêncio pegou o dinheiro, contando-o num golpe de olhos.

— Leve também um pouco de espinheira-santa e de sete-sangrias — disse ele, enfiando algumas plantas secas junto com a garrafa de líquido castanho num saco plástico e entregando-o a Seu Genevaldo. — Para inflamação na bexiga, queda de cabelo e vista cansada.

O mineiro pegou a mercadoria, distraído pelas preocupações. E se ela fosse mesmo puta, o que é que ele, Genevaldo, tinha com isso? Ora, pois o pernambucano que se houvesse lá com a bisca dele.

— Muito obrigado, Florêncio, até mais ver — disse constrangido o porteiro, tomando seu rumo de volta para o serviço.

Florêncio desligou o microfone.

— Só uma coisinha, Seu Genevaldo! — gritou, sinalizando-lhe com a mão quadrada para que voltasse.

Seu Genevaldo retornou à perfumada banca de plantas secas. O pernambucano ajustou a voz num tom mais baixo e mais sério:

— O senhor não veio até aqui só para fazer compras, Seu Genevaldo. O que é que há?

E se ela fosse professora particular? E se ela e o pernambucano fossem apenas amigos? E se ela se vingasse?

— O senhor sabe que eu lhe entregaria a mercadoria lá no prédio, se o senhor quisesse — disse o pernambucano. — O senhor veio até aqui para falar da minha mulher, não é, Seu Genevaldo?

E se Genevaldo saísse correndo sem dar satisfação?

— Eu sei que é isso, Seu Genevaldo — prosseguiu Florêncio. — A Rosinha me disse que há muito tempo o senhor vem olhando de um jeito esquisito para ela e as visitas dela. E que quando ela diz bom-dia o senhor vira a cara. Pode falar, Seu Genevaldo.

O porteiro respirou fundo. Aquela era a primeira e última vez em que ele se intrometia na vida dos outros.

Sem perder a calma, o pernambucano pegou de cima da banca um copinho de vidro encardido, enxaguou-o com economia de água e serviu uma dose da garrafada do Amazonas ao mineiro, dizendo amistosamente:

— Para mal súbito, sudorese e calafrio.

Seu Genevaldo bebeu o líquido e fez uma careta exagerada, exorcizando seus temores.

— O que é amargo faz bem para a saúde — informou-lhe o curandeiro, com um sorriso doce.

Seu Genevaldo sentiu-se mais relaxado. Aquele pernambucano era de paz.

— Florêncio, eu tenho muito respeito por você, que é um homem de bem, trabalhador — começou o porteiro, endireitando-se dentro do uniforme. — Mas a senhora sua patroa... se você me dá licença... a Dona Rosinha, ela... ela...

— É puta. Eu já sei, Seu Genevaldo — completou o pernambucano, sossegado.

Um velhinho de muletas e chinelas de dedo aproximou-se vagaroso da banca para exibir a Florêncio os pés ressecados onde pipocavam calos, olhos-de-peixe e joanetes. O curandeiro prescreveu-lhe pau-d'óleo e infusão de chapéu-de-couro. O velho pechinchou, obteve um considerável abatimento, pagou com um vale-refeição e alguns passes de ônibus, tomou, de lambuja, uma dose de garrafada no copinho encardido e foi embora devagar. Ao lado da banca, Seu Genevaldo, paralisado como um poste, remoía o duplo vexame de sentir-se delator e inútil. Teria de bom grado pedido desculpas pelo incômodo e ido embora se conseguisse mexer pelo menos um músculo.

— Como eu estava dizendo, Seu Genevaldo, a Rosinha é puta — retomou Florêncio, assim que o velho se distanciou. — E muito honrada. Duvido que a patroa do senhor seja boa como a minha Rosinha.

— A falecida era uma santa! — protestou Seu Genevaldo.

— Santa é a Rosinha — corrigiu o pernambucano, cheio de admiração. — Trabalha o dia todo, faz o supletivo, limpa a casa, cozinha e costura. Tem uma poupança no banco, um terreninho em Cotia, manda dinheiro aos pais, faz as minhas roupas, compra os meus sapatos, paga o aluguel e me ama loucamente. Eu, passando o dia todo aqui, não ganho nem uma quarta parte do que ela ganha. Na verdade a minha maior colaboração é deixá-la trabalhar em paz.

— Mas ela se deita com estranhos! — clamou Seu Genevaldo.

— E trata a todos eles com muita consideração! — completou o inquilino. — Dá-lhes chazinho afrodisíaco de casca-sagrada, dá-lhes banho de abre-caminho, dança para eles uma música bem romântica de Leandro e Leonardo coberta só com uma combinaçãozinha transparente e, depois da relação, entrega-lhes um pacotinho com pó de guaraná e casca de tronco que eles levam para casa para recomporem as energias. Tudo incluído no preço, é claro.

— E o senhor não tem ciúme?? — perguntou o porteiro, abismado.

— Nem um pouquinho! A Rosinha é pura como uma freira. É muito religiosa. Cada michê que ela faz é uma penitência que ela oferece a Iemanjá, a Iansã e a Santa Bárbara.

— Mas e se o síndico souber? — perguntou exasperado o porteiro. — O Copan é um prédio familiar!

— O síndico já sabe. Ele leva quinze por cento — revelou o curandeiro.

Seu Genevaldo ficou zonzo. Tinha descoberto um esquema perfeito de prostituição em que todos, até Santa Bárbara, saíam ganhando. Menos ele. Exausto, deu-se conta de que seu horário de almoço tinha terminado. Pediu desculpas ao pernambucano pelo incômodo, despediu-se e partiu de volta ao edifício. No caminho, tirou o paletó do uniforme, pendurou-o displicentemente num ombro, abriu o colarinho da camisa e arregaçou as mangas. O quepe, sobre a cabeça baixada e voltado para o chão, anunciava o naufrágio do navio que com tanta imponência aportara à Praça da Sé.

Este livro foi composto na tipologia
Arrus BT, em corpo 11/16, e impresso
em papel off-white 90g/m² no Sistema Cameron
da Divisão Gráfica da Distribuidora Record.

Seja um Leitor Preferencial Record
e receba informações sobre nossos lançamentos.
Escreva para
RP Record
Caixa Postal 23.052
Rio de Janeiro, RJ – CEP 20922-970
dando seu nome e endereço
e tenha acesso a nossas ofertas especiais.

Válido somente no Brasil.

Ou visite a nossa home page:
http://www.record.com.br